U0004021

LOCUS

LOCUS

LOCUS

LOCUS

catch

catch your eyes；catch your heart；catch your mind……

Catch 99

我，從八樓墜下之後

The Height of Courage

曹燕婷 著

責任編輯：韓秀玫　美術編輯：何萍萍

法律顧問：全理法律事務所董安丹律師

出版者：大塊文化出版股份有限公司

台北市南京東路四段25號11樓

www.locuspublishing.com

讀者服務專線：0800-006689

TEL:(02)87123898　FAX:(02)87123897

郵撥帳號：18955675　戶名：大塊文化出版股份有限公司

總經銷：大和書報圖書股份有限公司

地址：台北縣五股工業區五工五路二號

TEL: (02) 89902588　FAX: (02) 22901658

初版一刷：2005年8月

定價：新台幣 250元

ISBN 986-7291-53-0

Printed in Taiwan

我，從八樓墜下之後

The Height of Courage

曹燕婷 著

目錄

序——更美

燕婷，一個多美的名字，燕語鶯聲、亭亭玉立，聞其名如其人，曹燕婷小姐，的確有著甜美的嗓音，姣好的容顏及凹凸有緻的身材。除此而外，她也有著巾幗不讓鬚眉的一面，年紀輕輕，事業已闖蕩出一番規模，正是天之驕女，備受榮寵。然而天命無常，歷經多次波瀾起伏身心俱疲的感情挫折之後，她又因跌落而傷及胸腰脊髓，導致下半身癱瘓，人生自此蒙上陰影，宛如折翼之燕，娉婷不再。初見燕婷於診間，秀淨嫻雅的面龐，高挺的鼻樑上架著一副黑框大眼鏡，緊抿的嘴角，流露著一絲無奈的哀怨，黑框大眼鏡之後有一對認真凝神的大眼睛，好似未開口說話已相信我能夠幫助她一般。她對我的信心也反應在日後的治療過程之中，她是一個很合作的模範病人，很尊敬醫護人員，也很聽從醫師的指示，接受手術治療、注射治療、復健及各種活動。她具有「成功型」病患的特質：執著、努力、迎接挑戰，不向命運低頭的正向態度，在我們的臨床經驗中，這類型的病患較易也較快得到康復。在癱瘓多年，歷經辛苦的復健療程，她做到了！

有一天，在物理治療床上，她歡欣的展示成果：「主任，看！我已經將腿從床下抬到床上了。」這個里程碑，對她而言，是一個了不起的成就；對我身為主治醫師來說，更是再一次印證了神經再生手術的功效，也是一次千金不換的愉悅與滿足。

詩人泰戈爾說：「死是生命的一部分，醜是不完全的美。」我想，燕婷這一生是死過一次的，在她感情破碎、身體成殘，人生面臨走投無路之時，她必是萬念俱灰吧！情感、身體都已破碎、雙重打擊，情何以堪。但是，破碎、失能、異常、結疤、長繭並不可恥，可恥的是作為人的我們，若是失去了拚搏的鬥志與勇氣。跌倒了可以再爬起，向著人生的標竿直跑，而生命的韌度與深度，就在是否能浴火重生，藉著復活的力量，重新再讓破碎結合，失能再動。結疤長繭雖然是遺憾的，但若是顯現在恢復功能的肢體上，就真能撼動人心，由裡面深處頌出讚美的歌，稱耀生命的美好。

是的，燕婷，妳比以前更美了，因為這是生命經過磨練的美，是妳付出代價得到的。在你出第二本書紀念妳行過的軌跡之時，我要對你說聲：加油！

鄭宏志于94/07/26台北

在我墜樓之前

當我再清醒時，我躺在醫院病床上。
原來，我從八樓摔到一樓遮雨棚，然後落地，我死了。
經過兩次電擊，我活了。

上次全家陷入悲傷是在二〇〇一年一月五日，泰國時間凌晨兩點四十九分，時間就停在那一刻。二姊快樂地出國旅遊，回來的是一盆骨灰。不到三個月，全家再度陷入悲傷，時間就停在二〇〇一年三月廿五日凌晨五點半。

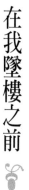

我所生活的世界明顯地分成兩半，一半是可以感受到我小小來自於工作的成就感，另一半則是在我不知情的幽暗地帶，巨大而沉默地運作著，就如同我的身體一樣，上半身正常，下半身癱瘓，我要面對的是茫然無知的未來、再眞實不過的醜惡世界。

依舊過著我朝九晚五的生活，婚姻不順遂，絲毫不影響我的工作態度，我反而更認眞，全部精神投入在我的工作上。

大姊的公司，也因爲大姊獨當一面，原本有幾位股東，大姊反而要求他們退股，她想獨資。她的生意頭腦眞的很令人想像不到，也因此，公司的規模雖不大，但總是榮登績優廠商前兩千名內。

父母親的朋友總是很羨慕地說：「我兒子要是像你們大女兒一樣，我就不用擔心了，唉，生個兒子都比不過你家女兒。」

我雖年薪百萬，但是，我不認爲有什麼特別值得驕傲的，年薪百萬的比比皆是，尤其，我有個年薪超越我幾倍的大姊，讓我更不斷提高自己的目標，努力工作。

那一陣子，大姊要我暫時不再接訂單、下訂單，整理剩下的出貨時間表，以及要求會計師做出公司的資產負債表，我整理完畢之後，終於在與大姊的一通電話中，得到答案。

「剩下的貨照時間出，但是，不要再接訂單、下訂單，我要結束AT，我眞的沒時間再去管AT，妳呢，我另外有安排，所以，AT一定要結束。」大姊在電話那端，清楚明白地說出她的決定。

「員工？Michelle呢？」我不安地問，大姊安靜了幾秒鐘，「我五分鐘後傳眞妳，妳自己去收，別讓他們看到傳眞內容。」大姊說完，就掛了電話。

我一邊看著傳眞，一邊走進我辦公室，帶上了門。

「燕婷，員工各給三個月遣散費，公司結束的原因是：負責人將離開台灣，無法繼續經營。Michelle到媽媽幼稚園工作吧，她的工作效率，我實在沒辦法幫助她，再說，我這個做姊姊的已經幫她夠多了，她女兒美國學校的學費、她住的房子、管家的薪資，都是我一手擔起，所以，妳告訴她，到幼稚園工作吧。至於妳，我這邊需要妳，下星期盡量找時間回台北，跟妳談。」

我又走出辦公室，將傳眞丟到碎紙機中，再過幾個月，貨出完了，公司就結束了。我望著公司的空間、員工，以及在自己辦公室的Michelle、狗狗，我實在很難開口，特別是我的二姊，Michelle。她是單親，因爲移民的關係，所以，她的女兒只看得懂英文，回台灣之後，沒有別條路可選擇，只能唸美國學校。二姊學的是護理，但是，當了沒多久的白衣天使，她又選擇當model，遇人不淑生了一雙兒女，她帶著這對兒女過日子，拿到護照之後返國，進了大姊公司上班。因爲孩子，遲到早退是常有的事；天性懶散、工作上錯誤百出，都不足爲奇，大姊確實幫了她很多。工作上，我跟大姊對二姊都是睜隻眼、閉隻眼，但是，公司要結束的事實，我該如何告訴她？

每天想著這個有點棘手的問題，卻始終得不到答案。

「妳人在哪裡？」大姊問我，我一邊轉著方向盤，一邊回答：「我剛跟廠商談好，他們約我聊事情，我正在回公司的途中。」

廠商知道我不再下訂單之後，把我約了出去，我跟他們說了個大概，廠商一臉失望的表情，因爲AT的訂單數量總是很大，我最記得一句話：「小曹啊，妳這樣厚，偶棉公司厚，收入少了將近一半勒，以後看要哪裡企找妳棉這種貿易商啦！」

大姊回到台北了！要我直接把車開到松江路，我隨著大姊的腳步，進入一家公司。

「曹小姐好！」這家公司的員工都認識大姊，我還覺得奇怪，這並不是我們的協力廠商啊？

眼前一間辦公室，我們走了進去，裡面有個女孩，正電話中，我們拉了椅子坐下來，「她就是我妹，叫她Joyce就好了」，大姊對著剛掛斷電話的女孩說。

她一邊伸出手，一邊微笑自我介紹：「Joyce妳好，我是Jocelyn！」我們握了手，交談後，我知道她將是我的同事，而我即將在AT結束後，調任與大姊同一家外商公司，擔任採購一職，每個月兩周在台北、兩周在香港亞洲區總公司，配合公司隨時出差。

兩個小時的交談，對於我的新工作與新同事，有了初步的認知，我走向停車場拿車，「還好妳離婚了，不然，我們想用妳卻是困難重重！」大姊一邊關上車門，一邊說著。

是的，我終於恢復自由身，雖然沒告到法院，他不知哪根筋不對勁，竟然……一場不留任何情分的刺傷，他簽了字！萬歲！脫離那段令我後悔萬分的婚姻。因爲他死纏不放，我連出差都會被唸，偏偏我的工作就是必須跑遍世界各地，你唸你的，我因爲工作，必須出國，我們雖是夫妻，但是經濟獨立，在他碎碎唸時，我只能說：「不希望我出差，可以啊，我辭職，你養我！」，聽到這句話，他閉嘴了，原因很簡單，我們的生活開銷，不是他養得起的。

這段錯誤的婚姻，浪費了我的青春，更造就了我下一段的哭泣愛情！

時間越來越逼近，我不得不告訴二姊實話。

找了一天下班時刻，以爲她的一雙兒女做晚餐爲藉口，到了二姊家。我擁有可能是與生俱來的好手藝，吃過我煮的菜，除了稱讚外還會上癮，就如我的外甥與外甥女，那天見我拎著菜走進他們家，立刻一陣歡呼，高興得不得了。

爲了不影響食慾，用餐的時候，我沒有提任何有關工作的事情，二姊只會問我哪道菜是怎麼做出來的，還用心的拿筆與紙張紀錄下來。

「下次換我煮，可是妳還是要來啊，嚐嚐味道像不像。」二姊一邊收起筆記，一邊收拾餐桌，我也跟著收拾碗筷，外甥與外甥女各自進房間唸書去了。管家也告辭了，客廳、餐廳就剩下我們倆姊妹，我跟二姊要了一杯咖啡，心理盤算著如何開口。

「せ丶，妳在媽媽幼稚園兼教鋼琴，感覺怎樣？」我開了口，準備探探風。

二姊一邊擦著盤子，一邊微笑著說：「學生愈來愈多，家長們跟我反應，她們的孩子很喜歡上鋼琴課，最初才兩三個學生，現在差不多十個吧，對我的收入有幫助，感覺當然好啊！」

我可以感受到她天眞的滿足，她雖然長我六歲，可是，並感覺不出她是我姊，我與她之間像朋友。

「我快到DS-MAX上班了！」我說了一句，二姊表示贊成，「妳早該去了，省得被妳那男朋友把錢騙光，又會被打，妳是什麼命啊？碰到一堆處女座有暴力傾向的野蠻人。」

二姊點了一根煙坐在我旁邊，「AT……再過幾個月，也要結束，我想……」我還沒講完，二姊拉著我的手：「AT結束？因爲妳嗎？妳叫大姊跟

Larry說，妳要待在台灣，不去DS-MAX了！」

二姊開始緊張兮兮，推翻之前贊成我被挖角之事，因爲她知道，沒有AT，她的生活會有問題。

「去幼稚園幫媽媽的忙，妳覺得如何？除了教鋼琴外，妳可以幫她處理一些行政工作。」我轉達了大姊對二姊之後工作的建議，二姊搖搖頭，並表示兩個孩子已經夠她煩心了，工作環境又是幾百個小朋友，她怕超越她的忍耐限度。

「誰的決定？大姊還是妳？」她的臉色蒼白，我告訴她大姊的苦衷，「AT結束，那CONRED呢？」二姊倒提醒了我這一點！

CONRED是我在當業務專員時，大姊另外在我身上做的投資，我出國跑展覽，大姊不抱任何希望，因爲那是我的第一次，但是，我出乎意料帶回兩張訂單，也因此，我升了經理。對，保留CONRED，至少那些客戶都是我參展所認識的，交給二姊RUN，應該不是問題。

「AT就照大姊的意思結束，CONRED妳負責，員工裡挑一兩位幫妳就夠了吧，但是，絕對不准遲到早退。」我告訴二姊我的決定，只見二姊還是略帶憂愁看著我，「燕婷，貿易我沒妳熟，妳又要到香港去了，我很擔心，自己會錯誤百出，妳不在，沒有人幫我處理後續，我沒信心！」二姊深鎖眉頭說著。

我告訴二姊兩個重點，第一，我一個月中，一半時間在香港、一半時間在台北分公司，所以，我可以溜回CONRED看東看西的，實在沒空，有問題隨時打電話問我；第二，信心的問題，雖然我在商場打滾了幾年，但是對於到新的環境當採購，我心理是七上八下的，只有將信心變成動詞，它便有存在的意義。

怎麼求信心？其實很簡單，訂出一個標準作為妳的目標，不斷鞭策自己、告訴自己，一定做得到，甚至找一位信任的朋友，告訴他妳的問題點在哪哩，他也可以幫妳找回信心喔。討論到將近晚間十一點，二姊的未來，似乎有了眉目，我開心地開著車回到我的住處，跟著我的狗狗們，一起快樂的玩耍一下，然後打理好自己，上床睡覺，迎接美好的明天。

AT要結束前的兩個月，我的體力幾乎透支。

辦公室是租的，我必須跟房東解除合約，公司內所有的樣品，CONRED用得到的保留，用不到的賣出去，辦公桌、展示櫃、電腦數台、傳真機兩台，所有東西，我必須整理清楚，另外，還要到世貿大樓簽約租一間辦公室，公司所有的現金，我要全權處理匯到國外，跟員工們開會，說明公司結束的原因；另外挑選一兩位繼續留任，這大大小小的事，我全程參與，只因爲比較相信自己，也爲了交給大姊一個完美的句號。

終於，在最後兩個月，我一手搞定，在大家互道珍重後，我到了新東家報到，而二姊也在世貿大樓繼續RUN CONRED的外銷事宜。

到了松江路的辦公室，開始了我的天昏地暗。

我幾乎都在電話中，每三天一個Meeting，香港的同事會打電話、

Email，美國總公司的採購也會Email我，我幾乎天天忙到晚上七點多下班，Jocelyn好奇問我：

「Joyce，妳祖籍是廣東嗎？妳怎麼會講那麼流利的廣東話啊？英文也不錯，妳是什麼學校畢業的啊？妳跟Audrey眞的很強耶！妳家的小孩都這麼……」

我一邊忙著打字一邊應付，並打斷她接下來還要提出的問題，語帶敷衍著說：「我只是世新畢業，廣東話嘛，因爲常跑香港，自然就會，英文因爲必修五年，加上以前唸再興，底子打得好，又在紐西蘭奧克蘭大學混了一年，英文進步很多，就這樣而已。」

我快速打著字，一邊電話又響起：「喂，Joyce啊，我同妳講，陳生話……」香港同事又打來了。我每天都在忙碌之中度過，還有二姊及業務美眉三不五時的電話，我眞的要跟上帝借時間了，不多，多給我幾小時即可。

同時，也開始了我每個月兩周的時間，待在香港公司，我的主管不是大姊，是另一位女生Amy，她對我的表現很認同，在香港，我的下班時間更晚，幾乎都是跟大姊一起，八點多離開，不過，我不會抱怨什麼，因爲公司給我很好的薪資，我覺得一切是公平的。

慢慢的，Amy要求我多點時間在香港，因爲，我選的產品價格都不錯，我也答應了，但是，當時我那位在台北的男朋友，不斷地的用手機影響我的工作，我幾乎要崩潰，提分手，他不同意；我的工作，他不能體諒，我不懂他在眷戀我什麼？金錢吧，我想是的。

在DS-MAX長達十四天的出差即將開始，我與另一位女同事，兩位來自美國總公司的男設計師開始在大陸及台灣出差，同事們相處愉快，接著要回台灣繼續我們的工作。前男友瘋子桂還是會打電話給我，不過我因爲太忙，總是簡單扼要的講完電話，瘋子桂終於又開始對我大呼小叫：

「妳眞的那麼忙啊？還是不想跟我講？」

「隨便你想，我有事情要做！」我不耐煩地掛了電話，繼續跟同事討論報價單的問題，手機又響了。

「妳掛我電話幹嘛？妳住在香港不用回來了啦！」瘋子桂又打來騷擾正在工作的我。

「不用你管，我拿台灣護照、香港工作證，我愛住哪裡是我的事！」我再掛斷他的電話，沒想到他又打，我直接掛斷，又打，又掛斷，連續大概將近十通電話，我乾脆關機。

因爲，我眞的沒有時間去理會一個閒得發慌的瘋子，我到現在才發現，他根本就是一支不值得投資的超級地雷股，我很笨很傻很蠢，賠上我的精神、時間、金錢，現在我不要這支超級地雷股，可以吧！

我們一行人回到台灣出差，我開車載著大家南北兩頭跑，我們每天忙到筋疲力盡。我接到大姊的電話，又一個設計師Sean，要來台灣跟我們一起出差，我得去機場接他，我拿著紙條「DX-MAX SEAN」。

過了一會兒，一個斯文的男生站在我面前。

我看著他酷酷的表情，我問他是Sean？他點頭，我表示我去停車場開車，他說不用，行李少跟著我去停車場即可，只問了我一句，我是Audrey的妹妹嗎？長得不太像。之後我們就無話可說，送他到遠東大飯店，他跟其他設計師倒熱絡的很，我感覺他擺酷，沒什麼好印象，我就先告辭了。

回到住處，時間已晚，第二天又是滿滿的Meeting。手機又響了，是瘋子桂，他要跟我見面。

「我今天除了工作，又跑機場，我很累！」我直接拒絕他。

「妳到底回台灣幹嘛？見面也不行？」他問了我這一句，「我回來出差的！」我有氣無力回答他這多餘的問題，話不投機半句多，很快結束我們的交談。我上床後，沒兩秒鐘就已沉沉睡著。

那個週末，我帶著同事們一起到中泰賓館KISS飲酒作樂，玩到一點，不夠盡興，經過大家決議，買啤酒到遠東大飯店的住房繼續玩樂。

我開快車直奔遠東大飯店，進了Sean的房間，我們又繼續喝啊鬧的。

Sean應該是喝醉了，他竟然告訴我，很高興認識我，而且我的個性他很喜歡，只可惜他有未婚妻了！我愣了一下，其他兩個老外給他一陣歡呼，拍手表示欣賞他的坦白，我也傻笑著跟他們繼續暢飲，掩飾我的不好意思。我一混酒就很容易掛，去洗手間吐了幾次，表示我要回家，但是我的腳步站都站不穩了，女同事問我住哪裡，我語無倫次說得她一頭霧水，她因爲跟設計師住的飯店不同，本想順道送我回家，卻只會聽英文與廣東話，我也不知自己是用什麼語言跟她溝通，最後，我留在Sean的房間過夜。

我醉了就是睡覺，只依稀記得我睡我的，Sean睡哪裡我並不知道。接近天亮時我醒來，Sean背對著我側躺在身邊，跟我保持了一些距離。我聞到自己滿身酒味，躡手躡腳起身去盥洗室，沖個臉，在摸毛巾時Sean出現並遞給我，我直說不好意思，他穿著飯店的白睡袍，微笑然後不經允許便把我擁入懷中。

我沒有拒絕，對於剛開始擺酷的Sean，我們不太說話，但是因爲工作天天相處，我不否認Sean是個有魅力的男子。

「我們一起早餐去，好嗎？Joyce。」Sean邀請我，他換好衣服後，拉著我的手，十指緊扣中，我們走出房間。

早餐完，我去停車場取車，車不見了！我問Sean我記錯停車位嗎？他說他百分百確定是停這個位子，我跟他一起找，終於在另一層停車場找到，我們都覺得莫名其妙！不過我急著回家，沒再多說什麼。

我一邊開著車一邊想著，「誰動過我的車？」我打給瘋子桂，只有他有我另一副車鑰匙。

「妳他媽跟老外睡的爽不爽啊？我就知道有問題，我猜得沒錯，妳眞的在飯店跟死老外過夜！賤貨！」他吼著我。

「我喝醉了……」我回答他。

「濫貨！跟誰都可以睡！」阿桂繼續他不爽的問題。

「我警告你，用辭注意點，你是我誰啊？車鑰匙還我！」我兇了回去。

「妳是公車啊？人人可以上！」

「閉嘴！你在哪裡，我現在去找你！拿鑰匙！」我極度不高興自己被深深地羞辱。

「要回車鑰匙可以，拿證明來換，證明妳昨天沒被人X過！」

「車子是我的耶！」我吼著他，他掛了我電話。

我找了江漢光醫師求助，到了家醫科做了檢查也開了證明，我跟瘋子桂約好地方，交給他證明，他看了沒話說。

「鑰匙？」我伸手跟他要，他百般不願地交給我。

臨走前，我開了口：

「從此，我跟你沒有任何關係，你少侮辱我，我能夠做的、忍的就是這樣，不是我詛咒你，如果你明天被車子輾過，眞是恭喜你！你脫離了所有的折磨；如果你不幸活下來，也別太高興，老天爺或是我，都不會給你一絲慰問，親愛的，我必須再狠狠捅你一刀，你啊，認清事實是必須的，知道吧？」

我昂首跨步向前走，只聽到他氣急敗壞叫著：「曹燕婷，妳就是我的，去告訴妳那些狗同事，準備我叫竹聯幫砍死他們！」

在台灣的出差終於告一段落，我們每個人整理所有跟廠商開會的資料，每張資料，都是要回亞洲區總公司交給採購老闆的，設計師們每人一台手提電腦，他們把開會的資料及設計圖檔都存在裡面，三月二十四日是我們各自忙著打包整理的日子，所有的Meeting都在二十三日做個結束，二十五日早晨我們即將搭著早上接近中午的國泰班機，回到香港公司，跟採購老闆及大姊開會報告這次出差的結果。

那天，我在住處整理東西，看著一堆報價單，以及其他資料，我整理到有點發火，畢竟十四天的出差，實在是太多東西要處理，我點了一根菸，走到陽台，讓自己喘息一下，偏偏這個時候，電話響了。

「喂？」我一邊吸著一口菸，是瘋子桂，他要我晚上跟他一起吃飯，我直接拒絕。

「爲什麼？」他問我。

「沒有理由，就是不想，我跟你講過了，我跟你沒有任何關係！」我一邊想著要整理一堆東西，略帶不耐的口氣回答。

「妳這次回來，跟我幾乎完全不見面、不約會，到底爲什麼？」瘋子桂倒是平靜地問著我，我沒說什麼，電話兩端靜悄悄，只聽得到他呼吸的聲音，這出奇的安靜持續了將近一分鐘。

「我想……」兩個人不約而同開了口。

他讓我先說：「我們之間眞的不適合，我會永遠記得我們剛開始的甜蜜時光，但是，我們的問題已經很多也很久，沒辦法解決了，我們就這樣，平靜的分手，好嗎？」

我說出我的決定，但是，他還是拒絕了，太多次了！我被他拒絕太多次了，我不懂他不捨什麼？他不斷告訴我，他的異性緣有多好，總是提起學生時代，後來紅了一陣子的玉女歌手，是多麼喜歡他；另一位高挑女明星，也跟他表白過，話雖如此，卻又百般地糾纏我、不放過我。我好累好累！這麼多目標，他最愛我嗎？我想他最愛的是他自己！爲了不讓自己感情失敗，他很小心謹愼付出，不像我無條件付出，我知道他有一些備胎，我是敏感而聰明的，他不會給對方任何承諾，以防失戀，他永遠有想追求的目標，只是他永遠碰不到愛情，當然也就無法悟出愛的眞諦。

我又撥了電話給他，「我跟你講，這次不管你怎麼說，我，一定要分手！一定要！請放了我，因爲我不重要！」

「恐怕是因爲那個老外吧？妳背著我跟他睡覺，我沒嫌妳已經不錯了，妳不忠於我！」瘋子桂在電話中又提起Sean的事。

「跟他沒關係，你嫌過我很多次了，今天你說我不忠於你，我可以告訴你，如果我們不忠於任何一個人，也就沒有誰對誰不忠，我們，可以只忠於自己，知道嗎？」我掛了電話，繼續到陽台抽著煙。

Sean打了電話給我，問我在幹嘛，我跟他說我在整理東西，也一邊發著呆。他們幾個都整理得差不多了，要找我到遠東大飯店一起吃飯。

身爲台灣人，我盡盡地主之誼是應該的，去飯店晚餐，我覺得太無趣，決定帶他們一起去吃泰國菜，然後去天母的Pub放鬆一下，他們接受我的建議，於是，照著約定時間，我們一起吃飯，也一起到天母的Pub玩樂，那邊老外超多，又逢weekend，他們三個設計師玩瘋了，我與香港女同事也一起加入。

瘋子桂不斷打手機給我，要我單獨見面，我回絕了，然而，他幾乎每二十分鐘打來煩我一次！

設計師們問我怎麼回事，我大略說了一下，Sean要我關掉手機，要不就是他來接電話，大家對於瘋子桂的無理取鬧，非常反感。

我說瘋子桂聽不懂英文，「A basic word"Fuck"，He should understand！」Sean一本正經說著。

才說完，瘋子桂又打來了，「妳不要管他們，我跟妳見面聊一下！」。

「他們玩得很high，我不可能不管他們，三個老外加上我那香港女同事，不會國語，台北又不熟！而且，我跟你已經沒什麼好聊的。」我回絕了他，設計師們問我是瘋子桂嗎，我點點頭，Sean在旁邊大罵「Fuck！」

瘋子桂聽到了，他很不爽地告訴我，無論幾點，他會來找我談清楚，「隨便你，談清楚，我想是必須的……」我給了瘋子桂答案。

我們一群同事瘋到午夜時分，爲了要開車，我那天只喝了一杯紅酒，送他們回遠東大飯店，我回到松仁路住處，大約凌晨一點多，香港女同事跟著我睡我家，她說她那家飯店怪怪的，我帶她去了客房，我則是進了我的臥室，準備好到香港總公司的所有行李，正準備要入睡。

急促的門鈴聲響了，我拿起對講機，「開門！」瘋子桂吼著。

他滿身酒味走進我客廳，「曹燕婷，妳給我說清楚，妳叫那個狗老外罵我什麼？」

瘋子桂酒品不好的情緒再度上演，香港女同事開了房門，瘋子桂吼著她：「&^%*^$#@%$，滾進去！下次再來台灣，我殺了你們！」

女同事趕緊關了房門。我冷靜但不悅地告訴瘋子桂，他的騷擾讓我的同事很反感，Sean是打抱不平罵了他，但是並非我的意思。

「妳打給他，妳叫他媽的給我滾出來，老子要好好扁他一頓！」瘋子桂的確瘋，已經接近全瘋的狀態，我真的很怕他情緒失控，我下了逐客令，並且告訴他必要時我會報警！

他卻走向我的書房，開始摔我的電腦、印表機，我拿起電話準備報警，他把電話搶走，摔在地上。

「濫B，我看誰能救妳，幹！」他如打雷般的高分貝罵著，我吼回去：「我濫，沒你濫，你跟我在一起，我跟你計較過什麼？你怎麼對我？你他媽的吃我的、穿我的、錢不夠用的時候，誰給你錢花啊？你謝過一句沒？」

我也拿起書房的東西，能摔的我都摔！他一隻手舉起來，「XX桂，你是不是男人啊？你打過我幾次啦？會打女人的不算是男人，你知不知道？」

我一邊哭泣著，一邊警告他，他再一次選擇不當男人，抓著我的頭髮，準備把我的頭往牆壁撞下去，我隨便抓起一個東西打回去，我不要再被打了。

一直以來，我總是被揍，我是招惹他們什麼了？我總是被打，我要反擊，畢竟他人高馬大，我還是被打的份。

「XX桂，夠了沒？&%$#%^&#@%$#，你他媽的小白臉，給我滾出去！」

接下來，我不記得發生了什麼！

當我再清醒時，我躺在醫院病床上。

原來，我從八樓摔到一樓遮雨棚，然後落地，我死了。

經過兩次電擊，我活了。

我並非天之驕女，因爲表現好被挖角

五年級時，舉家搬往敦化北路，那是父母親省吃儉用、標會，分期付款買的一間房子。當時那裡很荒涼，因此房價不高，交屋後，父親又將它出租，每個月又多了一份租金收入，一直到我小學五年級，我長得手長腳長，身高已經一百六十三公分了，實在不適合再與父母共擠一張床。

那是一個煩躁又帶點好事多磨的早晨。

很多事情只做到一半，桌上一堆廠商傳眞過來的報價單，公司業務美眉收到客戶的訂單，還有從銀行拿回來的信用狀，我的桌面一堆東西，我的情緒也隨著桌上文件的凌亂，煩躁起來。

關上辦公室的門，我站在窗邊，靜靜看著飄雨的光復南路。

在這家公司，轉眼間，已經待了五個年頭。

大姊大學畢業後，跟母親借了二十萬，與朋友合夥弄了這家貿易公司。之後，大姊被客戶挖角到香港外商公司，而我在世新畢業後，先後任職於廣告公司、老爺飯店，不過，時間並不是很久，我離職回到大姊的貿易公司做事。

一樣從業務助理開始，到現在，我成了負責人，而我並非掛名的負責人，公司大小事情，我都得管，與客戶的關係、訂單的處理、協力廠商的報價單、公司幾千萬的週轉金，全部都必須我來承擔，即使公司同仁已經處理好，最後依舊需要我的簽名認證，才算過關。

其實，當初我並不認爲自己可以撐這麼久，大姊對於公司同仁的工作效率要求頗高，她也不會因爲我們的血緣關係，而對我降低要求。

我一路走來，戰戰兢兢，支持我的力量，我想是信心以及對自己的要求。

當業務助理時，上面丟給我一個樣品：「找這個，數量五十萬套，四十呎櫃可以裝多少？價錢？後天給我答案！」，我開始翻廠商資料的相關書籍，電話一家家聯絡，價錢不錯的，我馬上開車去面談，我並不會因爲我是新手，而驚惶失措，面對廠商，我應對自如，憑著一股自信心，我總是告訴我自己：「曹燕婷，妳做得到，而且妳一定要做到！」也因此，我總是可以找到適合的協力廠商，而從業務助理跳到業務專員、業務經理，到今天的負責人。

窗外的細雨，愈下愈大，我走回辦公桌，準備開始整理那堆等著我同意及簽名的文件。

我的分機響了，「嗯，今天應該可以準六點離開吧！」我邊看著手錶邊回答朋友，朋友邀我晚上聚餐，我一口答應，爲了準時下班，我回過神努力整理著桌上的文件，下午還有其他的事要處理。

「Joyce，我們先走嘍，拜拜！」公司其他同事已經離開，我看著鐘，六點了，還好，手邊工作也差不多完成，收拾好，「Michelle，狗讓妳關，我有約，先閃！」我丟了話給二姊，她還在忙她的。

跟朋友們聚餐邊吃邊聊，大家都在抱怨工作上的不如意，講著講著全部的眼睛看著我。

「幹嘛？」我挑高眉毛睜大眼問。

「妳啊，最讓人羨慕啦，在自己姊姊的公司上班，沒那麼大壓力，我們幾個裡面，妳的pay最高，妳才幾歲啊？富家千金！」其中一個朋友開口。

嘴裡的食物嚥下後，我喝口水，清清嗓子：

「喂喂喂，我姊要求很高咧，她人在香港沒錯，她都用電話遙控我，回台灣時一定跟我對帳，我的工作很忙耶，Pay嘛，我姊很公正，我做的事跟我所得成正比，富家千金？我可不是喔！」。

一位朋友白了我一眼，說著：「妳開什麼車？妳家幾輛車？妳不是富家女，那妳告訴我富家女的定義。」

我承認，在朋友同學中，我是屬於比較會賺錢的，也因爲收入不錯，所以，我用的東西都是比較奢侈的，但是，我從學校畢業後，幾乎沒跟家裡拿過一分一毫。在這場聚會中，我沒再繼續解釋，以後有的是機會解釋。

回家途中，腦海回想起一些童年往事，我停車，下了車，點根煙，沉靜地思索著。

「你家幾輛車？」一位高年級的學長問另一位學長，「我爸我媽各一輛車啊！」

在校車上，我靜靜的聽著學長們的交談，當時我小學二年級，上下學都是坐校車，交通工具對我來說，並不重要。

「曹燕婷，妳家呢？」學長轉向問我。

「我家什麼？」我疑惑地反問學長，「車啊，妳家幾輛車？」另一位學長接著問。

「喔，我家一台車啊，我媽不會騎，都是我爸爸騎車載我們的。」我誠實的回答，只見那兩個學長笑得快從校車椅子摔下來了，我是講了哪門子笑話啊？

「曹……曹燕婷，妳家轎車用騎的啊？」兩個學長又抱在一起笑成一團。

「嗯！阿摩托車不用騎的要怎樣弄啊？」我覺得這兩位學長的智商有問題啊！突然間，他們不笑了！校車停站，一位學長先下車，剩下的一位繼續凝神看著我。

「妳家，只有摩托車嗎？」他終於打破沉默，我點點頭，隨即我下車了。

我走進家門，媽媽正在打掃房子，一邊告訴我這個週末要帶我出去野餐，我拿出作業，好高興。跟父母親去郊外野餐，是我最盼望的事情，爸爸因爲是個小警察，不能隨便休假，特別是週末、週日的假，一半要憑運氣。

我們坐著爸爸的摩托車，我有一個特製的小座位，在爸爸前面，媽媽坐在後面，一家三口就出發去野餐了！吃著媽媽準備的香噴噴便當，身爲么女的我，常常會給爸媽一個美麗的擁抱，因爲我覺得很幸福。

連續幾天在校車上，學長們及其他同學都不太跟我說話，有些看到我就偷笑。

「嘿，你家幾台摩托車啊？」學長們彼此又互問，「我家啊，半台都沒有，我家只有轎車，不騎摩托車！」

說完兩個人又笑成一團，其他同學學長也跟著笑。唯獨我，是面無表情的，我問了一位同班同學，這幾天在校車上到底是怎麼了？

「妳家沒車啊，妳說只有摩托車，大家都覺得妳很奇怪，也很好笑，家裡沒車怎麼出門啊？」同學一邊回答又一邊給了我問號。

直脾氣的我不禁火冒三丈，「我家就是沒轎車，有摩托車我們一樣可以出門！」我對著同學說，因爲聲音蠻大的，校車裡冒出一個聲音：「妳是窮小孩，再興不適合妳唸吧！」。

風大，我熄了煙，帶著有點泛濕的眼眶，進了駕駛座，腳踩油門，一路狂飆回去。

鑰匙轉到底，門被反鎖了，「豬八戒、變態！」我拿出車鑰匙帶著不爽的臭罵走向停車場，開車駛向娘家。

今天晚上可能因爲白天下了雨吧，秋意特別濃。

我將車上的空調保持在廿五度左右，還是覺得有些寒意，下車買了一杯熱咖啡。

喝咖啡的同時，我撥了電話給爸爸，「別反鎖喔，我等下回去睡。」我告訴爸爸今夜將借宿娘家。

「怎麼？又吵架啦？」爸爸問我。

「門被反鎖，因爲超過十點鐘，我懶得看人臉色，所以，回你們那兒。」

我一手捧著香濃的熱咖啡，一手拿著手機，在充滿咖啡香味的車上回答。

對於這場若有似無的婚姻，我並不眷戀，不願意離婚的是他，我得到的答案是：「就是不離，離婚？沒那麼簡單！一天到晚就要離！不知道妳家是怎麼教的！」

「你少批評我家，你沒資格！」，這是我倆之間最常聽見的對白。然後，我就會受到拳打腳踢。

漸漸地，我已習慣，不離？沒關係，從此你我互不干涉，等到我有機會去驗傷，等著法院的判決。車子開到中泰賓館前面等紅綠燈時，我一邊調著空調，一邊笑了起來。

是個炎熱的夏天，「厚唷，妳到底開冷氣沒啊？我們後面很熱耶！」我滿頭大汗問著大姊，大姊冷冷地表示她已經開最強的冷氣了。

「逆們，逆們這個車啊，賞此抛錨，今舔冷氣又楚穩體，窩咬開闖戶，補染，楚人命喔！」（你們，你們這個車啊，上次抛錨，今天冷氣又出問題，我要開窗戶，不然，出人命喔！）同樣是從湖南跑到台灣來的遠房阿爺，操著濃濃的鄉音，已耐不住熱了。

我看阿爺開窗，我也跟著搖開窗戶，的確，阿爺的決定是正確的，微風吹進，舒服多了。此時車子正停在中泰賓館前等紅燈，我又把窗戶往下搖些，我家的白色拉薩狗竟然奪窗而出，坐在安全島的草地上，吐著舌頭哈，哈，哈地喘著。

「喂，狗說跳出去了啦！」我邊笑著跟大姊說，冷冷的大姊也笑著說：「把他抱上車啦！」，我就這麼開了門，抱起拉薩狗回到車上。

「逆坎逆坎，臉夠都手不料！」（你看你看，連狗都受不了！）阿爺又說話了，我們全車笑翻了。

這是我家的第一輛車，一輛七、八手車。那是我初中一、二年級的事吧，我的家境在這時已經開始慢慢好轉。

五年級時，舉家搬往敦化北路，那是父親、母親省吃減用、標會，分期付款買的一間房子，當時這邊很荒涼，因此房價不高，交屋後，父親又將它出租，每個月又多了一份租金收入，一直到我小學五年級，我長的手長腳長，身高已經一百六十三公分了，實在不適合再在那十坪大的警察宿舍中，與父母共擠一張床。

於是，我們搬家了！家裡的經濟，隨著父親升官、母親投入幼教工作、大姊大學畢業後即邁入職場、二姊護校畢業，成了白衣天使，家裡只需供給我學費，終於，我有了自己的房間；我家有了一輛車子，是用開的，而不是用騎的。

回到家中，大姊把車鑰匙一摔，不太高興地說要賣車，「我還擔心賣不賣得掉呢，七、八手的車子，誰會買啊？」大姊抱怨著。

這輛車是爸爸跟媽媽去「精挑細選」的，因爲車價便宜，日本車嘛，又省油，雖說經濟比以前改善，但是，只算是小康吧，因此，父母親節省的心態，是可以了解的。

尤其父親是從大陸湖南過來台灣，身無分文的窮小子，從露宿街頭的掃地工人，到警察局的工友兼文字繕寫，一手漂亮的字被長官發現，而勸說父親繼續就學，父親也因此考上警察學校、中央警官學校（現在的中央警官大學），以優異的成績畢業，並因履破重大刑案，當選模範警察兩次，父親的苦盡甘來，讓他分外珍惜目前所擁有的一切。

車子，能開就好，不過是交通工具，不求奢華，而父母親對我們的管教，很民主卻不縱容溺愛，他們像是朋友般，我們可以表達自己的意見，經過討論後，父母尊重我們的決定，不過，有一條規定：後果自行負責。父母親總是會淡淡地提醒我們，**愛情嘛，當有幸見到對味愛情列車緩緩靠站時，就不要太多的猶豫，把握住時間及時上車；而當情盡緣滅，情愛不再時，就理智又禮貌的與對方劃清界線，別再回頭。**而在工作學歷要求上則是：「一切盡力而爲！」

我的家庭很單純，因爲父母民主，讓我們姊妹各自闖出一片天，這就是我的家，是我最簡單的幸福。

受傷後幸得家人支持，信仰改變了我

出事之後，大姊將她所買的三棟房子，位於黃金地段松仁路上，全部賣掉，父親體諒我復健方便，在振興醫院租了一間一樓的公寓讓我住宿，我的寶貝狗女兒曹小安，搬過來跟我一起住，有了她，我的情緒也平靜多了，我會拉著她的大耳朵，跟她竊竊私語。

我幾乎每天的哭鬧，「死掉死掉死掉！我要死掉！求你們讓我死掉好不好！我—要—死—掉！求你～～爸爸～～讓……我……安樂死！爸～～」在住院復健時，我在病房不斷嘶吼哭號，癱瘓！不只是失去了行走的能力，連大小便我都無法自主，我是廢物！我要死掉！今後我該如何自處？誰能告訴我？誰能！

爸媽看到瀕臨崩潰的我，就是給我一句話：「妳的神經再生手術很成功，這是榮總鄭醫師說的，女兒，妳要相信、要有信心，會好起來的！」

會嗎？會有奇蹟出現嗎？

我淚眼汪汪看著父母親，他們蒼老許多，一連串重大心酸的悲苦，他們只能默默承受，在我面前還要扮堅強安慰我，慢慢地，我試著停止了不定期的嘶吼謾罵，我安靜下來，我必須，也一定要，改變我歇斯底里的瘋狂情緒，所有的埋怨與不平，就把它們，鎖在我內心最深處，我可以一天不說話，一個字都不說，因爲不想也不知道，還能說些什麼。

我只會拿著紙筆塗鴉，所有的怨氣，用畫的、用寫的抒發出來。

出事之後，大姊將她所買的三棟房子，位於黃金地段松仁路上，全部賣掉，父親體諒我復健方便，在振興醫院租了一間一樓的公寓讓我住宿，我的寶貝狗女兒曹小安，搬過來跟我一起住，有了她，我的情緒也平靜多了，我會拉著她的大耳朵，跟她竊竊私語。

曹小安，她是台灣第一代導盲犬培育計畫中的狗狗，因爲腸胃不適而無法擔任導盲犬一職，我是她的寄養家庭義工，擁有優先認養權，受訓半年後，她又回到我身邊，說眞的，我跟她之間的感情就像母女一樣，我的一個眼神、一個表情、一句話，她都可以了解，她是我的心靈導盲犬。特別在我受傷後，她更注意我的情緒，聰明是她的本質，貼心是她的本能。

二〇〇一年的平安夜前夕，我的看護問我要如何度過平安夜？

「怎麼過？我請問妳，我能怎麼過？我還有去夜店狂歡的權利嗎？有嗎？在家！這個對我沒有任何意義的夜晚，曹小安！我們進房睡覺，莫名其妙！」

這個問題讓我極度的不爽，我滑著輪椅進房間準備上床，此刻我想起以前耶誕夜的徹夜狂歡，上了床，那莫名的低壓情緒，依舊暗暗蟄伏著，眼窩潮濕，一整片蔓延開，暖暖著覆蓋，從眼窩到臉龐，是眼淚，我在哭！

我的暖暖淚水，浸泡我的悲傷，我拿著紙巾擤出鼻水，**心靈導盲犬曹小安一聽到我在啜泣，馬上到我的床邊，舔去我臉上的淚水。憂傷中帶點美的感覺，我的精神依靠除了家人，還有一隻善解人意的八歲拉布拉多。**看護進來舖著床，並且解釋著，她只是想邀請我到懷恩堂參加平安夜。她是一位基督徒，不過，並未跟我傳過福音，經過兩天的考慮，我接受了邀請，我們搭著復康巴士，到達台大對面的浸信會懷恩堂。

那個晚上，我感受到人情溫暖，不認識的弟兄們，抬起我的輪椅一階一階地爬，順利進入禮拜大堂，接下來姊妹們爲我按手代禱，我並不認識她們，她們也不認識我的看護，我的看護有她自己小組的姊妹，是溫馨、是感動，毫無預警竄入我心頭。

聽了牧師傳道，我發現基督教是這麼生活化，我發現每位弟兄姊妹是這麼滿足愉悅，我正處於情緒低潮近乎絕望，好想跟他們一樣。我每天過著行屍走肉的日子，我好累！我活得好辛苦！

「有沒有還未信主的朋友，受到感動，決志信主呢，請舉手，我爲你們禱告。」

牧師笑咪咪說著，我舉手，我決志信主，因爲，我不求別的，我只要像其他的弟兄姊妹一般，發自內心的滿足與喜樂，對我來說，就已足夠。

我雖在浸信會懷恩堂決志，但在士林靈糧堂受洗、小組聚會、主日崇拜及目前的兼職服事。當時，在榮總復健科住院，學習如何自我簡易導尿，我說過，我的下半身癱瘓，不僅是失去行走的能力，也失去了觸覺，肚擠以下的功能，完全沒有，我必須定時導尿，平時穿著成人紙尿布，因爲，我會滲尿；大號必須用手摳，戴上乳膠手套，抹上凡士林在手上，將手指放入肛門內，挖出排泄物。

這些動作，在我受傷後的一年多，都是依賴看護在做，之後，我想自己來，雖然下半身殘了、廢了，可是，我的手是正常的，我也不打算一輩子依賴看護，我很想保有自己的一點隱私權。

住院的那個主日，榮總大廳有一場佈道大會，我與看護高興地參加，也因爲如此，士林靈糧堂的傳道人麟玉姊，解答了我的疑問，體貼的麟玉姊，因爲我的行動不方便，找了一位小組長史金，每周到我當時的租屋聚會，讀經、分享、唱詩歌，與小組姊妹們感情愈來愈好。

我並不知道我的改變，是小組長告訴我，她第一次看見我的感覺，「很冷！」我的臉部不太有表情，我很安靜，聚會中最沉默的一定是我。

一直到二〇〇二年的下半年，我明顯開朗起來，我不再是最安靜的，我有了些許的表情，微笑的線條出現在我的臉上，講話的聲音有了高低起伏，是誰改變了我？是我自己嗎？是家人嗎？是小組姊妹們嗎？我想都是，也都不是。

是神，一定是神改變我，否則，我還繼續地把自己鎖在屬於我個人的無水之井裡；否則，我應該如同大姊對看護所說的，「妳打算跟著曹燕婷一輩子吧，最後，我也管不了那麼多，只能把她送到瘋人院！」，我的改變不只是在個性上的變化，在復健方面，我也從有一搭沒一搭的態度，變成完全配合復健師的積極狀態。

復健從尖叫哭泣開始

我雖然失去了工作能力，但還不至於去動用不屬於我的一分一毫，因為，我的個性就是如此，是我的，我會用；不是我的，不管是億萬金錢、任何東西，我碰也不會碰。

從八樓摔下來，不僅是摔傷脊椎，我的右大腿骨折、右肩膀、鎖骨嚴重骨折、右手兩支手指骨折、左手無名指骨折、肋骨插入肺中、失血將近五千CC。

右肩膀因爲打了鋼釘，醫師要我保持右手軸放在木板上，掛著繃帶在我的頸部，不可任意移動，否則，右肩膀復原會很慢。

人有四肢，我只剩一肢（左手），而且還是不健全的左手，因爲，左手無名指也骨折。

幾個月不動的結果，右肩膀復原，但是，右手與右手指都產生氈黏，脫掉繃帶與木板，我的右手可以伸直，卻抬不起來，我的右手指，連彎都彎不了，振興醫院的治療師告訴我，當務之急，必須去除氈黏，救回右手與右手指，否則，右手就廢了。

我不能！我不能！我不能再沒有右手，我不能再失去一肢！

於是，我每天到物理治療室接受「摧殘」。

「因爲妳的手氈黏得很嚴重，所以，妳每天一定要來報到，我幫妳拉手臂、手指，這樣每天拉，妳氈黏的情形就會慢慢好轉。」我的專屬治療師江威漢告訴我。拉就拉吧，只是經過了第一次，我後悔了我的瀟灑答應……每天報到治療氈黏！江老師是男生，我那細細的手臂，就這麼硬生生的被他左拉右扯的，痛得我的臉部曲線擠成一團。

我想尖叫！我想哭！可是，我忍著，一直到問過江老師之後，他微笑告訴我，他知道我一直在忍，其實，我眞的想哭、想叫時，就大聲發洩出來吧。

在那小小的治療房間內，當它是屬於我的時間，我的空間時，當我的手臂或手指被「摧殘」超越忍耐指數時，關著門，我的眼淚會一粒粒彈出來；我會大叫：「救命啊！」、「痛死啦！」、「虐待人啊！」。江老師沒聽到似的，繼續賣力、專心的「拉」著我的手臂與手指，我也就繼續著尖叫著。

每次「摧殘」結束前，我會先整理好自己，擦乾淚水，打開治療室的房門，面帶著笑容，離開現場，我又是思想清晰、意志力滿分的英雄好漢一條。

世新畢業之後，我一直忙碌於工作，特別是在大姊的公司上班，緊接著跳到外商公司工作，我與父母之間的親情，只能靠著偶爾聚餐，才能夠面對面說說笑笑。

受傷之後，每天復健，我的生活規律正常，與父母之間倒是多了說話談心的時間，也因爲信仰的關係，我牢記聖經上 神的話語，出埃及記第二十章十二節：「當孝敬父母，使你的日子在耶和華你 神所賜你的地上得以長久。」

過去的我，任何事情，我自以爲是就做決定，鮮少與父母討論我所面對的問題，父母尊重我，我並不珍惜，我認爲那是理所當然，這是個民主的社會，民主的家庭，很應該啊！結果呢？自認聰明的我，不但讓自己受傷，更讓父母傷心，成了基督徒的我，**在讀聖經時，我常常在聖經中找到答案，也特別會留心記住 神的話語，作為我待人處世的一個生活處方籤**。

神賜與我智慧、持續復健的信心，讓我學會凡事感謝、凡事包容與凡事祝福。

聽到我從八樓摔下來的事實，絕大部分的人都會用訝異的眼光看著，並說：「妳的命眞大啊！「而我的想法呢？我覺得，而且是深深覺得，自己不只是「命大」，我是有使命地活著，絕對是，我始終相信，神將在我的身上，顯出祂的作爲來。

經過江老師專業的「摧殘」，我在那間治療室裡鬼哭神嚎兩個月後，我的右手本來只能舉起三十度左右，進步到可以舉直碰到耳朵旁的程度，而我的右手指，也復原得不錯，可以提筆寫字了，不過，我美麗的字跡變得帶點凌亂的醜。

「燕婷，這些銀行的東西，要妳簽名。」大姊從香港回來帶著一疊東西給我。

我仔細一張張翻著看，每張密密痲痲的英文，分別是美國、香港及其他國家的銀行文件。

「妳的手好了吧？先簽妳的名字在這邊我看看！」大姊遞了一枝筆給

我，我把文件放在一邊，拿起筆簽名。

「嘖！怎麼搞的啊？根本不像妳的字嘛，妳到底在做什麼復健？」大姊邊看著我的筆跡邊數落著我，我拿回文件繼續看著，看完第一家銀行，剩下的我丟在一旁，不想看了！

因爲，我了解大姊匆匆趕回台北，要我簽字的原因：取消聯名戶頭中，我的名字！也就是說，我沒有權利去動用戶頭裡的一毛錢。

「我的復健很辛苦，妳知道嗎？」我懶懶地說，「我這次回台北一個禮拜，妳要簽完這些文件，從今天起，給我練！」大姊理直氣壯命令我，隨即離開。

我沒有哭，但是，我很傷心大姊的嗤之以鼻，對我的信任度隨著我的受傷，消失湮滅！當我是個正常軀體時，公司幾百萬的週轉金，都是我在處理，雖然偶爾會跟我對帳，而現在呢？我不但肢體被破壞，我的人格在她的眼中，竟然是這麼的一文不值，我雖然失去了工作能力，但還不至於去動用不屬於我的一分一毫，因爲，我的個性就是如此，是我的，我會用；不是我的，不管是億萬金錢、任何東西，我碰也不會碰。

大姊非常會賺錢，但是，我很想問一句：「姊，到底是妳賺了錢？還是錢賺了妳？」

因爲錢，我們姊妹之間的信任感、親情，好像彩虹般，美麗過，卻一下子就消失了，復健的情形，一句都不問我，只要我練習簽字，找回從前的筆跡，因爲，怕我動用妳的錢，會的，我會練習簽名，因爲，簽好文件，我可以換回妳對我的嗤之以鼻。

「這樣才像啊，妳前幾天簽的是啥鬼字啊？」大姊滿意地笑著，一邊整理著每一張銀行文件，我也一陣輕鬆，每天的苦練，終於把字跡抓回身邊了，更因爲可以丟掉別人對我的不信任感，而覺得如釋重負。

拉手臂不過是個開始，所謂的「好戲在後頭」，用來形容我復健的過程，眞是再貼切不過。

由於下半身癱瘓，使不上力，在床上我要翻個身，竟然翻不過去，想換個睡姿，很難！我偏愛側睡，把手放在枕頭下面，最舒服的睡覺享受，因爲小時候，還是嬰孩時，媽媽就讓我趴著睡，讓我的臉蛋成了美美的瓜子臉。

記得還在世新唸書時，我正注意著寫筆記，同學傳來一張紙條：「學姊，我從側面看妳，妳下巴好尖喔，瓜子臉耶！」，我復學之後的那班同學，都會禮貌地叫我「學姊」，我寫了字條回去：「上課不上，注意我的下巴幹嘛？等下下課再說，我教妳如何把大餅臉變成瓜子臉！」，我轉頭過去，跟學妹眨了眼睛，她揮揮紙條頻點頭。

爲了保持我的瓜子臉，我一直偏愛側睡，這下不能翻身了，難道，我要變成大餅臉啦？不行不行，我硬是把看護挖起來。

「我要翻身，拜託啦，我不要變大餅！」我對著睡在我床邊行軍床上的看護說，她一邊幫我翻身，一邊說著：「大小姐！妳的臉型已經固定不會變了啦，妳天生的瓜子臉，不會變大餅啦，愛美到起笑！」，她無奈又帶著取笑的口氣說著。

第二天開始了新的復健課程，「翻身」！

太好了，這個動作我一旦學會，就不用擔心臉型的問題。

「燕婷，妳現在把重心放在左側，右邊肩膀跟著右手甩出去的力量，就可以把身體往左側了。」振興醫院的江老師告訴我，我就在那治療床上，重複著這個動作，做十個大概只成功一次吧，終於了解，下半身的力量是多麼重要啊！除了練翻身，還有一些很基本的動作，睡醒如何起身、如何從輪椅轉位到床上、自己操控著輪椅，我把自己歸零，就當作是一個未滿周歲的孩子般，一切從頭來過。很多動作，我幾乎都做不出來，我想放棄，眞的很想，但是一想到以後的自己，就是得在輪椅上渡過下半生，我又繼續認眞起來，打消放棄的壞念頭，開始練習。

未來的確有無限的未知等著我，我也的確無法掌握未來，但是，我將復健當作是一張拼圖，我在學習中拿著每一塊小圖片，學會一個動作，我就將那塊小圖片放在該放的位置，一張一張慢慢放，總有一天，拼圖完成，也就看見我的未來在哪裡。我持續復健，持續進步，也許，我進步的速度不算快，但是，每一點小小的進步，都帶給我成長的感覺。

因爲我將自己歸位成一個未滿周歲的小孩，我需要時間，成長、學習，變化我的人生，我沒有重新開機的權利，我能做的就是：改變。

「燕婷，妳……準備去量身訂做一個肢架，我要教妳練站。」江老師若有所思地告訴我，我一邊問著支架是什麼東西，一邊問他在想什麼。

「肢架就是幫助妳站立、走路的輔具，因爲妳的膝蓋會彎掉，所以，沒辦法站，有了支架，它會固定妳的膝蓋，妳就可以站立。」江老師解釋著。

「那你好像在想什麼事？」我繼續發問，原來他在考慮我的支架該做到腰部還是大腿。

「做到大腿，妳的腰力雖然不夠，可以練，就做到大腿。」江老師告訴我肢架的長度，就是到大腿支架即可。

那個晚上，我又高興的嘰哩瓜拉，告訴父母親這個消息，「站」！我沒想過我還有「站」的機會！

經過振興醫院復健科主任劉復康的推薦，我到了一家由日本師父量身訂做支架的公司，那邊的支架可以穿自己的鞋子，而且材質很輕，就是價錢比一般支架貴兩倍左右，打電話與父親商量，就這家吧，雖然貴，但是比起一般鐵鞋，也就是支架，要優美多了。

日本人做事情是仔細，他幫我打磨，之後我又去了兩趟，修改之後，我試穿了支架，我永遠忘不了那一刻，就在他們公司的平衡桿，我站起來了！受傷之後，我的第一次站立，我又從一百二十公分變回原來的身高一六九公分，望著鏡子裡的我，依舊高挑，我又陷入了自戀的思緒中……「燕婷！燕婷！」

「嗄？」我回答著。

原來看護已經叫了我好幾聲，「日本師父覺得這個支架很合妳的身材，妳照鏡子的想法呢？」老闆娘問著我，我告訴她，一切都很好。

看護扶著我，表示累了，我坐回輪椅，頻頻跟她抱歉我的發呆，沒聽到她叫我，「妳眞的很高咧！實在可惜！」看護說著。

在回家的途中，我只是注視著我那雙新支架，回想剛才站起來的感覺，看護說的「可惜」，我並不放在心上。現在的我就是這樣嘛，人不能老想著過去，否則如何邁向未來，隨著復健的一點一點進步，不必求多，假以時日，相信所累積的成果必將不容小覷。

興高采烈帶著新支架到了復健室，江老師拿起支架：「很輕喔！」。材質不同的確輕巧多了，「而且可以穿自己的鞋子唷！」我高興地告訴江老師，江老師示意要我到平衡桿中，我心裡雀躍不已，因爲，又可以站起來了。

看護幫助我穿好支架，我看見江老師綁了一條東西在平衡桿，並且要看護幫我把腳放在帶子上，「這樣……站？」我滿面狐疑，「練站之前，要先練習撐，把自己撐起來，再坐回椅子上，你必須要靠手臂的力量，以後站著，手臂一樣要出力氣！」江老師解釋我的問題。

好吧，先練「撐」，練好之後，就可以站嘍！

我雙手緊握著左右兩邊平衡桿，用力往下壓，試著將自己撐起來，我的屁股竟然還在輪椅上，動也不動！江老師告訴我，因爲手臂不夠力，所以撐不起來。「是嗎？還是我該減肥啦？」我半信半疑地問，江老師則告訴我，比我胖的人都能夠把自己撐起來，一口氣做個五十下，臉不紅氣不喘，體重不是問題，問題在手臂夠不夠力氣。

「從今天起，我們開始練撐，妳把其他的都練完後，就進來平衡桿練撐，目標是……一次十下，把妳的臂力練出來。」江老師告訴我新的功課，我即將又面臨一個新的挑戰。

第二天開始，我幾乎都汗流浹背，因爲要把自己撐起來，眞的需要一股力量，而且是一股強悍的力量。

「快快快……屁股……屁股，離開座墊一點了，快，加油！」看護在一邊叫著，我咬著牙使盡所有的力氣！

「撐起來！」我一喊，我眞的把自己撐起來了，看著鏡子中的自己，屁股果眞離開坐墊，我坐回輪椅，「Yes！」跟看護擊掌。

撐得起來第一個，第二個就不是問題，雖然我仍然吃力的練習，但是，我的汗流浹背很値得，至少，面對新的挑戰，我又再一次闖關成功，更堅定了我要持續復健下去的決心，我的腦海始終忘不了，在支架公司站立的那個情景，因爲，我眞的從沒想過，我還有站起來的一天，即使是穿著支架。

在我的想法中，只要能站，對我來說，就是一種幸福。

回到家，我進了書房，開了電腦，快速打好一串字：**「復健雖困難，絕不輕易放棄，咬緊牙關，我一定要站——起——來」**。

印出兩張，一張貼在客廳，我進出家門都看得到；一張貼在書房，我喜歡在書房玩電腦，一抬頭我就看到，嗯……勵志吧，激勵自己志氣的標語，同時，也當作是一個目標，鞭策自己，加上我的個性使然，要我一輩子坐輪椅，我偏不！

每天的練習，規律的生活，讓我的身體狀況保持在最佳狀態。就體質來說，原本我就是比較「寒」的體質，一到冬天手腳就冰冰涼涼，所謂「去火氣」的食物，我碰不得，一吃便猛跑廁所，加上家族遺傳，身材一直都是高挑偏瘦型，復健消耗許多體力，讓我的食量大增，體重反而增加了幾公斤，也因爲父母親一再叮嚀，看護時時刻刻提醒，我隨時注意自己的健康狀況，任何一點不舒服，一定跑醫院，因爲，我必須有一個健康的身體，才能夠打贏這場仗。

我的精神狀態與健康情形，簡直媲美正值巔峰的選手，我想以我當下的認知，再參加三場奧運比賽都不是問題！

到了江老師驗收成果的時候。

「來，燕婷，我看妳最近練得很認眞喔，撐幾下給我看，我們當初的目標是十下吧！」江老師站在平衡桿旁等著，我有點心虛，苦笑著。因爲，在練習時，雖然有比以前進步，可是……

「準備啦，還想什麼？」江老師催著，我雙手握著平衡桿，一出力，很輕易就把自己撐起來，「不錯喔！再來！」江老師滿意笑著，我再接再厲連續撐了幾下，也忘了數，只覺得有點小累，需要喝口水，「還差三下，等下繼續！」江老師說完，就去帶另外的病患學生。

說眞的，我的極限也就是六、七個，我還沒做過十個呢，喝完水，我繼續那未完成的三個，屁股又黏在坐墊上了，眞的撐不起來！江老師走向我，笑著說：「做不出來啊？好啦，不對妳太殘酷，就七個吧，還是要每天練，準備下個禮拜，教妳練站！」

我聽到「站」！又心花怒放了，很期待呢！當我眞的開始學站，才發現，站，不是那麼容易的。

「我跟妳說，因爲妳的臂力還不夠，所以，等下我會提著妳的腰，拉妳一把站起來，妳雙手要抓穩平衡桿，站起來後，肚子挺出去、雙手用力往下壓，知道嗎？」江老師告訴我站的要訣，說眞的，我有點緊張，但是，等這一天也很久了，就放下膽量去試一試吧。

「一、二、三！」我們一起喊著，江老師幫我手臂不足的部分，硬是將我從輪椅上拉起來，我站著手握平衡桿、肚子挺出去，可是，有點不穩的感覺，還好看護與江老師都在一邊扶著我的腰，「妳好高喔！」其他的伯伯病友對我說著，我只能點個頭表示：是的，我很高！可是，很抱歉，我站的緊張到七魂六魄都快出竅了，沒時間跟大家哈啦。

「妳的肚子要再挺出去，重心略向後，雙手握緊平衡桿，用想的，雙腳是踩在地上……」，江老師一邊糾正我，因爲下半身沒有感覺，我們只能用冥想的方式，讓大腦傳遞訊號給我的一雙腳。

「哇，妳流那麼多汗啊？」看護見我的汗水一滴滴濕了髮際，她準備拿紙巾幫我擦汗，她一鬆手，我的雙手更用力的抓緊平衡桿，臉部緊張的表情應該可以拿到超自然演技獎，因爲江老師笑著說：「燕婷，不要怕成這樣啦，我扶著妳啊，妳站得不錯啊！」，我依舊一臉嚴肅，說眞的，我怕一個沒站穩，摔跤，這事關我名聲，我不能在眾人面前出醜，所以，復健的每個動作，我都用心學，並且盡量將它美化，成爲一個優雅的動作，這是我凡事追求美的原則。

我的復健課程，愈來愈豐富，即使之前學會的動作，還是要一直反覆練習，復健這個東西，不但要持續，而且要一直一直熟練動作，沒有進步，將會退步得相當快，或許你會問，既然都已經殘廢了，何必復健？而且是不斷復健？以我剛受傷的心態，我也認爲，殘都殘了，復健什麼復健？

當我決定全心投入復健之後，我變了。

雖然下半身殘了，可是，我有手，有手可以做很多很多事，也因此，我可以自己翻身、起床、穿脫衣褲、自己穿鞋、轉位上下床，我學會很多東西，不需要事事依賴看護，我更將復健當作是運動時間。坐上輪椅，以前喜歡的運動，保齡球、籃球、撞球、游泳都不再適合目前的我，人不能不運動，健康會亮紅燈，最重要的是，會破壞身材！

我凡事要求「美」，坐上輪椅，我還是要求自己是個有氣質、有精神、依舊苗條的輪椅族，因此，我把握住復健，令我流出汗水的每一項動作。

生活，一直在過，淡然，是一種選擇；超越，也是一種選擇。我先選擇了淡然，經過深思熟慮後，即使殘了廢了，也是分等級吧，難道我眞要像個活死人，什麼也不會的癱一輩子啊？就不過是下半身癱了，是死刑？還是無期徒刑？如果是，我也不願意接受，我要超越、再出發，活出另一個我。我的變化讓復健師、總治療長深切感受到。每天練習，我終於站得沒那麼辛苦了，我抓到要訣，冥想雙腳如以往正常時站立，整個重量都在雙腳，肚子挺出去，重心稍稍往後，這麼一來，我的兩手輕鬆些，我不再完全依賴雙手。

病友們打招呼、點頭，我也可以禮貌性應對，不再緊張兮兮敷衍式地點頭。

常常，我禱告，希望我的復健能夠再多一些進步，看到一些病友做出我做不到的動作，我會羨慕，也會請教他怎麼做出來的，一樣的方式，用在我身上就是做不出來，而他也會羨慕我，因爲我開始穿支架練站，說眞的，羨慕是羨慕不完的，好在，我們的互相羨慕是爲了讓自己變得更好，而不會因爲羨慕讓自己愈加憂愁、怨天尤人，到最後變成一種忌妒的情緒，衍生見不得人好的心態，最後變成一個自己都討厭自己的人，又怎麼叫別人喜歡你呢？

站立之後，江老師開始教我練跳，在平衡桿中，一樣運用雙手的力量，撐起身體，往前跳！落地的那一剎那，站穩，肚子挺出去，這樣才能保持平衡，跳的這個部分，我練的時間沒花多久，只是，我在練習跳的時候，看護還是得扶住我的腰。「燕婷，過幾天我們試著跳出來，妳得買一個walker，記得帶來練習用喔！」，江老師告訴我即將面對新的物理治療方程式，我很緊張，跳到平衡桿外面，我眞的沒有半點把握，這個方程式要如何去解？先睡一覺，明天的事明天再說吧。

帶著我的walker，準時到了復健室，我先做過熱身運動，在平衡桿來來回回地跳，「好了，準備跳出去了，不用緊張，我們會拉著妳的皮帶。」江老師又來安撫著我，我將walker當作平時練習的平衡桿，雙手握著walker，將自己撐起來跳出去，是跳出去了，不過落地時，幾乎站不穩，因爲我忘了把肚子挺出去，還好他們拉著我的腰帶，「再試試看！」江老師告訴我，並提醒我記得挺出腹部。

我閉眼凝神，想一想平時在平衡桿的跳法，深呼吸一口，這一步跳的很不錯，雖然依舊需要他們幫我拉住腰帶，不過，穩住了腳步。

接下來的幾步，還在治療師的接受範圍，第二天起，我在整個治療室跳著，不過，引起了總治療長的抗議。

「曹燕婷啊，妳放walker的聲音會不會太大聲啦？樓下的要跟我抗議了喔！」總治療長半開玩笑地說，不過，我的walker聲音的確很大，治療師表示多練習即可改善，可是，我跳了好一陣子，還是一樣「咚、咚、咚」，別的病友們並不會怪我，反而替我高興著：「妳進步很多喔！」，振興的復建室，很溫暖，大部分是一些中風的叔叔、伯伯們，像我們這種SCI（脊髓損傷）比較少。

那天，來幫忙的印尼妹耍了點脾氣，表示她不想跟著我與台灣看護去復健，因爲她的球鞋破個洞，已經被其他的印尼妹嘲笑了，「再買一雙就好啦，走，出門！」我不覺得什麼大不了的說著。

印尼妹淚眼汪汪的就是不出門，眼看我的復健時間就要到了，我略帶不耐煩的口氣：「妳別哭了好不好啊？我快來不及了，快出門吧，哭就裝做沒聽見啊，我跟妳講喔，帶妳去振興是請妳去幫忙的，不是去跟別人哈啦、比東比西的，聽到沒？」

上了復康巴士，我的台灣看護說話了：「她被人家笑，丟臉的是妳！妳是她雇主耶，她穿破鞋子，妳要負責！」，一陣莫名籠罩著我，我解釋著，我們供她吃住與薪資，她的穿著我們可管不了。

「對對對，付她薪水了不起，妳們是有錢人啊！」這荒謬的對白，我並不想繼續，靜靜地到了醫院復健室，照往例，我開始跳，跳了一圈，我進了平衡桿略做休息。

「妳以爲妳眞的跳的很好嗎？」看護又開口了，我等著她的批評指教。

「我跟妳講，別人誇妳跳的好，是讓妳高興的，那是天大的謊言，妳跳的……很爛！」她直接毫不留情刺傷我，我沒說什麼，但結果，我還是哭了。

剛好爸爸打手機給我，「女兒，怎麼了？」爸爸焦急問著，我哽咽地說了一下，爸爸要看護聽電話。

「沒事啦，曹伯伯，我是用另一種激勵她的方式啊，她一下就好了啦，你不用擔心！」看護給了爸爸這個答案。

「另一種激勵的方式？」。是嗎？希望是的。

江老師走過來了解狀況，也安慰我別哭，只聽見看護說：「照顧她壓力很大耶，搞得我都要去看心理醫生了！」

我繼續站起來，練習那所謂「很爛」的跳。我不需要用別人的錯誤來懲罰我自己，她有她發表荒謬道理的權利，我有不聽、不記得、不生氣的權利，我跳的有多爛，江老師會糾正我。

雖然，在看護之中，我想，應該很難再找到一位如此優秀的人，但是，她就是一位看護，我不認爲她在復健方面有著任何專業，我只需要面對自己、征服自己，那荒唐的個人見解，我一笑置之。

復健遇瓶頸轉往榮總，想念二姊，感謝貼心曹小安

我終於學會跨步了，我真的克服了「難中難」，雖然必須先在平衡桿練習好一陣子，才能像別的病友拿著Walker在復健室裡走著，但是我的確跨出步伐！

跳了好一陣子，江老師試著教我跨步，再回到平衡桿裡練習，「用想的，一樣要用想的，你回想一下你以前是怎麼走路的，然後，移動你的腳。」

江老師對著站在平衡桿裡的我說，我看著雙腳，想著自己以前走路的情形。走路，這是很自然的事，從來不曾注意需要哪邊要如何使力，現在該怎麼想呢？

「燕婷，我的腿要像妳的就好了，我的太細了啦！」二姊在試穿短褲時一邊說著。

「我的腿啊，還好啦，沒妳的長就是了，不過，妳的眞的是鳥仔腳，哈哈哈……」

二姊追著我打：「妳怎麼這樣啊！」

我完全沒有預期到，此刻我會想起跟二姊比腿細的那段往事，但是，就在這需要冥想移動腳步的當下，還是想到了，忽然鼻頭一酸，簡直就像無意間啓動閘門似的，眼眶立刻充水濕潤，因爲我無法走路，更因爲才過世一年多的二姊。

看護在一旁跟人聊天，印尼妹則是呆站在一邊，還好沒人發現！「小曹，我先走囉！」病友打著招呼，我勉強地擠出微笑。

我儘可能把自己的思緒拉回來，想著如何走路，而不是想著以前會走路、能走路的時光，雙腳還是不動，站在平衡桿中，我看了下時間，有二十分鐘吧，除了剛才的胡思亂想，其他是一片空白，我想離開了。

心情不是很好的情形下，我無法專心復健，江老師看著我不太高興的臉色，沒多問什麼，只說了一句：「明天再試試看！」，我頭也不回就走了，他不會訝異的，因爲，他知道的，我很壞！

復健雖困難……，我看著我的勵志標語，我碰到復健以來，最大的一個難題——無法跨步，雖然才剛開始，所謂凡事起頭難，但是，我的第六感告訴我，這是難中難。那天晚上，我滿腦子都是「如何——克服——難中難——」，曹小安睡在一旁的呼聲陪著我，攝氏十五度的夜，曹小安的體溫幫我暖被，失眠的夜，有點無奈的心情，我的低泣聲吵醒了小安，她溫柔地舔著我，這是我熟悉的，一直都熟悉的，將近九年了，所有陪伴過我的曹小安的氣味與動作，我緊緊抱住她，她依舊舔著我，我慢慢入睡了……

「燕婷！妳叫她出來啦！」看護一大早又鬼吼鬼叫的，「幹嘛？」我出了臥室，「曹小安啦，躲在這邊不走，我叫她也不理！」，我看著曹小安坐在浴室洗手台下面，我不太知道是怎麼回事，我剛剛不過講了通電話，難道……「她什麼時候進浴室的？」我問看護，看護告訴我，她沒關上門，只是半掩著門，曹小安匆匆跑進去，找到位子就不出來了。

我不禁笑了出來，「幹嘛？」看護覺得有點怪異。

「我剛才跟張醫師說，請他來帶小安去洗澡，她聽到了，就去躲起來了吧！」我邊笑邊回答，看護認同我的說法，也覺得不可思議，不斷誇獎小安聰明。

小安不喜歡去洗澡的理由很簡單，因爲，她早上出門，晚上九點以後才回家，她的晚餐，獸醫師是不提供的，她要挨餓，所以，她非常討厭去洗澡。醫師還是依約來接小安去洗澡整理一番，只見她反抗著要被帶走的模樣，讓我們邊笑邊兇她：「曹小安，去洗香香，快！」，隨著她百般不願的腳步，我們也出發至振興復健。

跟江老師溝通之後，我還是繼續跳，而且是繼續很大聲的放下walker，「咚、咚、咚」跳，一位比較年長的病友叫住我。

「曹燕婷啊，我建議妳到榮總的復健部去，那邊很多人像妳一樣穿支架，不過，他們走的、跳的都沒妳那麼費力喔，而且，那邊很多都是脊髓損傷者，年紀也很輕，妳可以去看看。」，這位年長病友的建議倒是我從沒想過的，跟看護商量了一下，我們決定挑個黃道吉日，到榮總復健部看看。

「他們都很年輕耶，跟振興的感覺差蠻多的！」我把第一個差別告訴看護。

「燕婷，妳看這邊穿支架走路的人很多咧，而且，走得很好耶。」看護又發現了第二個差別，我們連續兩次的參觀比較，做了決定：把一週五天的復健，挪兩天到榮總，其餘三天依舊在振興。因爲，我必須要改變我製造噪音跳的方式，其次，我想學會跨步，整個腦袋塞滿了這個願望。

我掛了榮總復健科門診，幾天後復健部通知我報到，我的治療師是蔡佳蓉老師，她是一位聲音溫柔、長相甜美但要求嚴格的治療師，她要我跳給她看，先評估我已復健到什麼程度。我一跳，她不禁微笑又搖著頭，表示完全錯誤，Walker不能這麼用力放，應該如何如何做，我必須從頭開始。蔡老師溫柔地告訴我，一件一件慢慢來，才不會亂了陣腳，復健千萬不能心急，於是，我又進入平衡桿練習了，蔡老師的要求嚴格，做錯就重來，做錯就重來，我幾乎被壓得快喘不過氣來，但是，我告訴自己，這個過程必須要熬過去，未來的我一定也可以像其他病友一樣，拿著Walker在治療室裡來去自如地走路。

「曹燕婷，記得Walker輕輕放在地上，否則，就繼續在平衡桿裡練習喔！」

蔡老師要我試著離開平衡桿，在榮總的復健室練跳，我切記著蔡老師教我的方法，一步一步跳出平衡桿，我的Walker果然輕輕放在地上，而且每一步都做到蔡老師的要求，我高興得難以言喻，只能說，看到自己這個盼望已久的進步、蔡老師滿意的微笑、看護驚訝的表情，令我覺得，金錢的富足，曾讓我因揮霍而得到快樂，但是有太多太多東西買不到，就像現在我的進步，我一定要好好把握這個金錢買不到的東西，因爲，未來的我將會活的比億萬富翁更喜樂！榮總蔡老師又要我回平衡桿中，我緊張問著原因，並直接告訴老師，我並沒有跳不好，爲什麼又要我回平衡桿？

「就是因爲妳沒有跳不好，我要教妳練習走！」蔡老師微笑告訴我。

走？跨步？在振興嚐試過，不但沒有成功，還哭紅了雙眼，現在，蔡老師又要教我走，會成功嗎？我懷疑著。蔡老師一樣要我手扶著平衡桿，把身體的力量放在左腳上，試著跨出右腳，這個動作要加上一些想像力，因爲我的感覺幾乎是零，所以必須加上冥想，讓大腦傳遞訊息到腳上，腳才會有所動作。這跟振興治療師的教法一樣啊，之後在榮總復健，每次都在平衡桿裡練習冥想，試著把腳跨出去，但是，我的腳就是不聽使喚，不動就是不動。後來，蔡老師又教我用腰的力量，把腳甩出去，我依然直挺挺站在平衡桿中，腳底下像是擦上了黏膠，黏在地板上，絲毫沒有跨出去的動作。

不滿現狀的情緒又來了，挑剔著自己的不幸，埋怨著老天爺不公平，特別是看到別的病友，在復健室輕鬆走著，「爲什麼我不行？」、「爲什麼自己這麼差，別人那麼好？」、「好好喔，眞羨慕她（他）」、「好想跟她（他）一樣喔！」，這些話都是我一邊冥想、一邊看著別的病友走路時，放在心中的自我對白中。

那陣子，我在睡前讀聖經時，會特別留意聖經上 神的話，路加福音十六章十節「人在最小的事上忠心，在大事上也忠心，在最小的事上不義，在大事上也不義」，這是在告訴我，面對所有事情，都必須全力以赴嗎？開始在練習跨步時，專心冥想，去除其他的思想在我腦中，我不斷著想著，腳跨出去！跨出去！我閉著眼睛想：右腳啊，你要跨出去，就像以前走路一般，自然的跨出去……，我改變了練習時的心態，我不再去偷看別人、羨慕別人，別人的幸福是他家的事，我不能讓任何事影響我，我只想著，跨——出——去！

蔡老師不只我這個病人，不過她總是會看看我練習的情形，有時甚至又會走到我身邊，靜靜地看著。

有一天，我繼續閉著眼睛專心冥想著，結果，我的右腳動了……我張開眼睛看著看護，看護邊跑邊笑著去找蔡老師，「曹燕婷，再做一次！」蔡老師溫柔又興奮地命令著我，我睜著眼睛要看我自己的動作，我把力量放在左邊，右腳眞的跨出去一小步，接著換左腳，左腳也跨出去了，我眞的會走了，雖然我必須扶著平衡桿，難以置信的神情飛躍著，蔡老師高興地點頭，並且告訴我，她看見我走路不是用腰力，而是用腳的力量。

那天回到家中，特別快樂，因爲我終於學會跨步了，我眞的克服了「難中難」。雖然必須先在平衡桿練習好一陣子，才能像別的病友拿著Walker在復健室裡走著，但是我的確跨出步伐！我請看護幫我泡了一壺香純甘甜的大吉嶺茶享受著，一邊想著，一邊拿著筆和紙寫著：

「曹燕婷，可以用羨幕別人當做是自己的目標，否則，不用羨慕別人，只要珍惜自己所擁有的，即使是不完美的自己、有缺憾的人生，就足以讓自己過得很幸福了，快樂的面對未來吧！」

我喝了一口茶，點著打火機，吸一口氣，菸就著了……過程很平順，如同跨出我的第一步一般，沒有自以爲是，也沒有任何的不得了，就像是朋友拿過來一罐可樂，我順手打開喝一口的感覺一樣……很舒服……

桃園中途之家讓我對前男友從詛咒變祝福

我的世界我自己創造，命運的好壞，沒有人能夠幫我決定，我不要被發生在自己身上的事左右，是我自己，要決定選擇如何去看待事情與面對事情，一切仇恨，不再計較。

在之前，就聽說桃園有個脊髓損傷潛能發展中心。

李殿華先生帶我去參觀過，李先生也是脊髓受傷者，他擔任過理事長，目前是販賣醫療用品，他曾傷到頸椎，受傷時間超過十年，不過，他依然用他的電動輪椅，帶領外勞貨送到家，而且，跟他買醫療用品，節省了很多錢，因爲他的標價非常公道。

參觀過脊髓損傷發展中心之後，我並沒有意願參加課程，理由很簡單，第一，那裡的在職訓練課程，我幾乎都會，雖然不是網頁高手，但是，我的電腦程度還算不錯。第二，他們是鐵皮屋，我看到宿舍，就打退堂鼓，嬌嬌女的個性又出來了，雖說我小時候苦過，歷經這幾個年頭，我吃好的、穿好的、住好的、開好的，已經無法接受那邊的環境，所以，參觀之後，我沒有任何表示，也就不了了之。

熱心的李先生，在二〇〇二年初冬吧，告訴我發展中心的「中途之家」招生，可以去報名，一個月的時間住在中心，跟職訓班不同，是學習如何生活自理的，我與看護討論之後，決定參加「中途之家」，反正就一個月而已，苦一個月又不會怎麼樣，帶著大包小包，外加肢架與walker，直奔桃園。

報到時，老師告訴了我睡覺的地方，我漫不經心的聽著，反正就是那狹窄的通鋪啊，知了，不用再多費唇舌了啦，我跟看護只想趕快把東西放好，重死人了！

「曹燕婷，妳的房間在這邊，跟著我來喔。」工作人員對著頗不耐煩的我說著，講那麼好聽，房間？根本就是……

他開了門，竟然是單人房，不是通鋪！我驚訝中帶著高興的語氣提出疑問，原來，我們這期中途之家的學員，被分配住員工房間，眞是太棒了！這邊是一個小小的輪椅社會，董事長與夫人也是坐著輪椅，正常能走路的並不多。生活的時間很規律，早點名、升旗典禮、上課、戶外教學、吃飯、洗碗、洗澡、洗衣服，所有芝麻蒜皮、狗皮倒灶的事，全部自己來，一切對我來說，很新鮮，之前參觀時的反感，倒是完全消失了。那期的「中途之家」，只有我一個女生，也只有我是胸椎受傷，其他都傷得比我高，因此，我被老師選爲班長，負責寫教師日誌，因爲我的手指頭功能是正常的。

每天的課程很豐富，我們的老師也都是脊髓損傷者，他們將自己的經歷教給我們，實在是很棒的一種學習方法，理由很簡單，一樣是脊髓受傷，感同身受，他們知道我們必需要會些什麼，就教些什麼。

「如果有一天，你從輪椅上摔下來，你會怎麼辦？」老師問著我們，沒有人回答。

「救命啊！我跌倒了，你幫幫我好嗎？」我扮可憐回答老師。

「班長，妳的辦法是可以啦，妳摔出輪椅，我想，很多人會來救美女，可是，妳知道我摔跤時的慘狀嗎？」老師笑笑回答我，原來，老師的確摔過，也跟路人求救，但是，沒有人幫助他，完全沒有，他坐在地上將近一個小時，最後，他打了電話找朋友來幫他。好可憐，不是嗎？更可憐的是，那是一個下雨天！

老師的親身經歷，就是要教我們如何自立自強，不需要別人，我們一樣可以爬回輪椅上！

全部學員一一坐在地上，老師示範幾次後，我們輪流練習，「班長妳先！」老師又第一個點我的名字，我把輪椅固定在後方，依照老師教的，一步一步做，最後一股作氣，把自己撐起來坐回輪椅！

「班長，不錯喔，女生能做到，不簡單喔，妳又是第一次吧！」我高興的點點頭。

我每天送教師日誌到辦公室，認識了很多工作人員，職訓班的學員也認識不少，晚餐之後，大家會一起到後面涼亭抽煙、聊天，那是個冬天，鐵皮屋冬冷夏熱，說眞的，那個環境很需要改善，不過，那個冬天，對我來說，很溫暖。

每週一天晚上，我會去參加團契，董事長與夫人也是基督徒，他們是很令人羨慕的一對愛侶，林董與林夫人（我都暱稱她爲蔡姊姊），因爲是主內的關係吧，也因爲當時有一份「《小太陽電子報》」，報導我即將出書的事情，蔡姊姊問了我，難道是同名同姓？我笑著告訴她，那個「曹燕婷」就是小女子在下我，不過，是口述，因爲出版社不知道我的文筆如何，所以，安排文字整理，我只要敘述即可。

除了在中心的教室上課，我們會在中心的籃球場學習騎殘障摩托車、到戶外練習肺活量，老師帶我們到一片空曠地，輪流大吼大叫，用丹田的力量喊出來，我最喜歡喊：「曹小安～～給我過來～～」，我是么女，在家中，我的輩分最小，我總不能喊著：「老爸～～給我過來～～」，既沒教養又沒禮貌，這不是我的家教，**我的教養處方籤是：「尊重！不隨意批評、謾罵，特別是別人家的長輩」**。

在中心學到非常多，最令我難忘的是，外出比賽輪椅的速度，距離大概是一公里半吧，路途中有斜坡、路況不是很佳的石子路，老師要我們來回各一趟，訓練我們的速度與操控技巧，老師跟在我們旁邊，他操控輪椅純熟到不行，跟著我們是基於安全，那一趟來回共計三公里，我們幾個累得跟小狗一般，氣喘如牛，不過，對於我們如何操控輪椅又加了分。爲期一個月的受訓，在每天滿滿的課程中，分秒必爭，學到很多，不知不覺到了告別的時候，最後在園遊會中快樂結束。

而我也請了老師到家裡做房屋評估，老師覺得只要改成無障礙空間，我的住處會非常方便，於是，請了裝潢工人馬上動手改，我退了位於振興醫院的租屋，搬到屬於自己溫暖的窩，不但省下每個月昂貴的租金，我的窩也非常寬敞，五十坪的空間，讓我來去自如。

感謝李殿華先生，讓我得知「中途之家」招生的消息，感謝「脊髓損傷潛能發展中心」讓我學到很多，現在一切，幾乎都是自己來，不再事事依賴看護，我的直覺是，經過這一場學習，未來的事只會更好，一切都不用太緊張，嗯哼，一切都會在掌握中，我又開心的笑了！

有句諺語：「了解一切，就會寬容一切」，偏偏我莫名墜樓的答案卻是無解，自然就不了解、無法寬容。雖然，我能夠穿著支架站立、行走，但是，只限於在復健時，平常，我必須依賴輪椅，我會回想從前的自己，如果，我狠下心早點分手，不因爲瘋子桂擅長的演技「哭」而心軟，今天的我依舊四肢健全，努力賺錢。

我無法原諒他，一想到他就滿肚子無名火，雖然是我瀟灑提分手，但還是要詛咒他，希望他走路被車撞！最好撞成殘廢，要死不活、開車煞車失靈、出一場車禍變白痴、工作不順利、貧窮一輩子、甚至祝福他生兒子沒屁眼！因爲他害了我，我絕對不是自殺，我相信兇手就是他，一定是他！

「你說清楚，我的書房並不大，你人高馬大，我雖然腿長，也得拿張椅子才能跳下去，這些時間足夠你拉住我，爲什麼你不拉我一把？」

我受傷之後，他有時間會到醫院探望我，我再度提出這個問過上百次的問題，他永遠不會給我答案，最多一句：「妳要跳，我也沒辦法啊！」

我對他的探望，愈來愈反感，有一天，我開口罵了他，「你別再出現在我的面前好嗎？」我說了這一句，便蓋上棉被。

「可是，我想看看妳好不好啊！」瘋子桂說著，我掀開棉被要他給我答案，他依舊啞口無言，我將電動床升起。

「XX桂，過去算不算美好，你很清楚，我今天變成這樣，都是拜你所賜，你是個畜生！滾！離開前把我送你的勞力士還我！」我不客氣的表達我的想法，我從來不跟分手的情人要回任何東西，惟獨他，畜生是不需要戴好手錶的。

「我想留下來當紀念，你送我的三十歲生日禮物……」

「還我！丟到水溝裡也不給你，在我眼裡，你就是畜生！賤人！」我毫無保留地發出怒火，不愧是戲劇科畢業的，他有十秒鐘掉眼淚的演技，爲了一隻勞力士，可以輕易落淚，看他百般不捨脫下手錶，交給我的看護，滿眼淚水看著我。

「看什麼？哭什麼？老娘還沒死，哭個屁啊！滾出去！」我最後吼了他一聲。

他滾蛋之後，我準備睡覺時，看護提醒了我一句，瘋子桂很不情願的把那支錶還給我，她覺得以他「畜生」的個性，到時報復來暗的，怎麼辦？

我考慮了一下，撥了電話要他回來病房，他果然火速返回病房，我把勞力士丟在地上，一邊說著：

「既然你那麼愛這支錶，好吧，就算是施捨給你，今天你走出病房就別再來了，我不想看到你，你喜歡哭，請去別的地方哭！少在我面前演戲，我絕不會心軟，同時，也請你千萬別回頭！」，他終於滾出我的世界。

一邊復健，回家後會翻出照片，拿著剪刀，我剪掉他的部分，心裡有說不出的暢快，甚至想玩「射飛鏢」的遊戲，射瞎他的眼睛、射爛他的鼻子、射斷他的雙腿！

不過，買飛鏢還要花錢，為了一個畜生，不值得。

說真的，我恨他入骨，但是，在讀聖經時，我讀到馬太福音第五章論愛仇敵，第四十四及四十五節：「只是我要告訴你們，要愛你們的仇敵，為那逼迫你們的禱告，這樣，就可以作你們天父的兒子，因爲他叫日頭照好人，也照歹人，降雨給義人，也給不義的人。」

在我最需要解決方法時，聖經上永遠會有答案。

我終於能夠慢慢釋放怨恨，雖然，我並不會爲他禱告，但是，慢慢的，我竟可以寬容他了，不去回想那些不愉快，我選擇遺忘，世界在我的心中，我選擇幸福。我失去行走的能力，得面對下半身癱瘓的事實，但是，我出門隨時自備椅子，走再遠的路，我也不會覺得腳酸，我不用找椅子休息片刻，癱瘓不會讓我害怕疼痛。一向愛乾淨的我，以前到公共場合上洗手間，總是不敢坐在馬桶上面，現在外出穿著我的成人紙尿布，我不用再去跟別人排隊上洗手間，還要小心翼翼地怕弄髒自己，我一無所有，所以也就一無所失。我就看正面的部分，凡事換個角度想，即使在暗夜裡，也能欣賞到璀璨的星光。

我的世界我自己創造，命運好壞，沒人能幫我決定，不要讓發生在我身上的事來左右我，而是我自己，決定選擇如何去看待事情與面對事情，一切仇恨，不再計較。

說實話，愛情就像發高燒，它的來去，都不受意志控制，眞的，即使如此這般的深仇大恨，也可以雲淡風輕吧，更何況，曾經是彼此相愛的戀人。也許，我跟他的感情是建立在金錢、物質享受上，有愈多金錢的愛情就會愈美，就像他現在的對象一樣，又是個開賓士的女人，我只能說：「瘋子桂，祝你幸福。」

下定決心，放棄復健，重返職場

這份受傷後的工作，薪資不高，差不多是我剛開始工作，當業務助理時的薪水，也許你會懷疑我過去好幾年年薪百萬的身價，怎麼會屈就這份工作？不過，因為受傷，我失去了工作的機會，因為失去過，所以格外珍惜，也因為格外珍惜，我會讓自己再贏一次！

人類有很多種，我應該是最奇怪的那種，因爲我時常改變。

我不斷改變自己。復健方面，一開始我眞像應付似的，隨便亂七八糟做，後來，竟然變成了可以領全勤獎的「病患模範生」，振興醫院的總治療長嚴璐璐老師，只差沒頒一面獎牌給我，她會誇獎我的努力、我的持續，也因爲如此，當聯合報記者採訪完一位資深演員——趙學煌先生，他因爲在大陸拍戲，一場車禍，而傷到頸椎，同樣在振興醫院復健。記者接著想採訪一般復健的病患，但是，想找特殊原因的傷患時，嚴璐璐老師推薦了我，也許，在一般人眼裡，我的命運是兩極化且戲劇化。於是，我接受採訪，進而有出書的機會。

搬入自己無障礙的房子中，我會開始想一些事情，是習慣吧，習慣應該不是一件好事，甚至是一件可怕的事，一旦落入習慣的窠臼，恐怕就不得不成爲習慣的「奴隸」。我一直很獨立，習慣花自己賺的錢，因爲，可以花得心安理得，在我受傷坐上輪椅之後，我成了伸手族，父親一直都很疼我，我不用開口，自然有零用錢存入我戶頭中，當我每次從提款機的收據，看到自己的戶頭，永遠都有一些錢在裡面時，我就是覺得不對勁。

當初瘋子桂告訴救護車、北醫（我當時住松仁路，急救最近的醫院）我是「自殺」，因此，美商安泰人壽一毛錢都不理賠我，我所有的醫療開銷，全部落在父母親身上！我自己知道，花了家裡不少錢，又有新的念頭出現在我的腦袋裡。

我奇怪的個性又來了。改變！我要工作！我要自己賺錢，不能也不忍心再花父母親的錢了，也因爲習慣吧，我眞的不習慣用別人的錢，即使是父母的錢，對我來說，那是他們辛苦賺來的，我沒有理由去花他們的血汗錢。對於自己的工作能力，我很有自信，雖然摔壞了身體，並不會影響到我的工作能力，我不驕傲，但我有傲骨，找個坐辦公室的工作，我想，以我的工作經驗與工作態度，殘廢並不會扣掉我的分數。我開始用電腦丟履歷出去，在一○四人力銀行看到適合的工作，我就立刻寫好履歷mail出去，第一張履歷丟出之後，接到要我去面試的消息，我坐著復康巴士似乎是去復健，其實是去面試，「我跟妳講喔，妳要幫我保守秘密，別讓我爸媽知道。」我對著看護說，她點點頭，我到了美商XX銀行面試「信用卡開發人員」一職，雖然，因爲受傷失業了一年多，但是，我應對的禮貌與內容，深深擄獲了主管的心，我輕易地找到工作。

但是，當我到了工作的地方——南京東路，天哪，一堆階梯，根本就困難重重！

「那主管是怎樣啊？沒看到我坐輪椅啊？分配我到這個什麼鬼工作環境！」我對著看護不高興地說。

「我不知道妳急著找工作幹嘛？妳家又不是養不起妳，不去復健……」看護嘮叨我。

我一邊打電話跟那位主管理論！「嗄，怎麼會這樣呢？我沒辦法在南京東路上班耶！」我反問主管，原來，因爲他們公司有一些員工內調，現在空缺的辦公室就只有南京東路，我心裡不高興，卻又裝著沒事，禮貌、輕聲細語跟主管說，因爲這個對我一點都不方便的工作環境，我—不—幹—了！愈想愈氣！依舊去復健，但是滿腦子都想著找工作的事。說眞的，我到底在想什麼呢？我眞的那麼需要出來賺錢嗎？我、眞、的、不、知、道。但說眞的，我不甘願就這樣成爲一個伸手族，工作，我想念你；金錢，我需要你，今天的我的確需要它們，這我還曉得。

一回家就打開電腦，繼續丟出我的第二張履歷，「電話行銷」？沒聽過這個行業，管它那麼多，反正通知面試再說吧。

一邊留意報紙的徵人啓事，「女兒啊，妳買那麼多報紙幹嘛？」，老爸竟然跑來了，他拿著我愛吃的甜不辣一邊問我，我馬上翻到影劇版，告訴爸爸影劇圈的八卦消息，就是他越沒興趣的我越提，他絲毫沒懷疑我是在找工作，我的眼睛對著看護轉啊轉的：「妳給我洩露秘密看看！」，我的大眼睛會放電，也會運用我的眼神威脅恐嚇、殺人放火。

一切都在我的掌握之中，我又看到一個適合的工作，不過，要直接去面談。

而我的第二張履歷丟到一〇四人力銀行後，又有了面試的機會，不過，爲了防止上次美商銀行的事件再度發生，我在電話中告訴通知我的那位小姐，我是坐輪椅的人喔，無法上下樓梯。

「我知道，妳的履歷很清楚，這家公司還有殘障帶著外勞一起上班呢，他是頸椎受傷喔！」這位小姐回答了我擔心掛念的問題。就又假借復健時間去面試，到了「東森寬頻」，我發現眞的是無障礙空間。

我跟一群人在會議室等著，「要面試客服人員的請跟我來，好嗎？」一位小姐站在門口對著我們說，房間立刻少了三分之二的人。我不想破壞睡眠品質與生活作息，客服人員要輪班耶，我不想，一位年輕的美眉走向我，接著問了我一些很簡單的問題，然後要我回家等通知，等就等吧，反正我還要去別的公司試試看，而且，幫我面試的小姐，會不會太年輕了點啊？感覺有點怪，我並不把這個工作放在心上，有就有，沒就拉倒。

第二天，我又拿起了那天看到的報紙，那家規模很大的本土銀行，撥了電話去問，殘障可以去面試嗎？小姐說可以去試試看，太好了！我又拉著看護陪我去面試，塡完履歷表後，一位小姐請我到會議室，看護不能進去，我把包包交給看護，進入會議室，看到一位很有氣質，但是直覺是個女強人的主管對我微笑，她要我自我介紹，接著告訴我，其實，要幫我面試的主管因公出國，所以，她來面試，她有決定權，因爲，那位出國的主管是她帶出來的人。

「我們這個Team每個人的平均月薪，不低於十萬元，也不是單純的電話行銷，有一點客服的性質，妳必須在電話中解決客戶的問題，電話名單由公司提供，這次我們是跟中華電信合作……」主管告訴我工作的性質與待遇，一邊也問了我幾個問題，我逐一回答，因爲她的能幹，讓我有些緊張，但是，我還是鎭定回答完所有問題。

「Joyce，時間也差不多了，今天的面談要結束了，有問題要問我嗎？」主管問著我，我搖搖頭，打開會議室大門，我的看護進來推輪椅。

「Joyce，要請妳回去等通知囉，我好像都沒跟妳說我的名字！我叫Sophie。」女主管跟我握手之後，我便離開大樓。

「這個工作薪水很好，不過，我一點希望都沒有！」我請看護停下推我輪椅的動作，一邊有些失落地告訴她。

「怎麼說？」

「妳沒看到那個Sophie啊！多精明的一個女人啊，她要求很高，我覺得她說什麼她帶出來的人，沒有一個月薪低於十萬塊！」我回答看護，看護則是笑著告訴我，在我面試時，她接了我的手機，「東森寬頻」通知我後天去上班！不只她笑，我也開心地笑了。

好久沒有這麼有成就感的笑著，除了在復健有進步時。失去了行動能力，我竟然在丟出第二張履歷表，以及一次直接面試後，得到工作，不知從哪裡湧來的信心，讓那天的我，臉上表情炫亮得令人睜不開眼睛，就好像是一場午後雷陣雨，又是艷陽高照，這是看護告訴我，我笑得最燦爛的一次。

趁著與父母共進晚餐的時候，我告訴他們即將到東森寬頻上班的事實。父親搖著頭表示反對，「妳這樣哪來的時間去復健呢？」媽媽也說話了，我則是堅定的告訴他們我決定放棄復健！因為，在我的想法當中，雖然可以穿肢架、拿著Walker練走路，也僅限於在復健室，復健室外的路面、人潮、車輛，都不允許我穿著肢架慢慢跨步走，更何況我還需要看護攙著我的腰，她一放手，我的重心就不穩，復健到此應該已經是最好的狀況了吧，就認命的當一個輪椅族，不能走路對我來說，沒什麼了不起；不能賺錢，白花時間繼續復健，對我來說，是痛苦不堪的一件事。

我非常愛賺錢，不管是受傷前後，如果你出一個選擇題：妳要錢還是要一個愛妳的男人？我會毫不猶豫的告訴你：「我要錢！」

於是，那天的晚餐就因為工作的事情，破壞了氣氛，父親堅決反對，就是要我繼續復健！我反抗，決定要革命！父親繼續用又溫柔又有點命令的口氣，一直重複著幾個字：

「妳就是去復健，我不會讓妳餓死的，家裡還過得下去！」，「爸，對不起，這次我要反抗你的想法，革命你的思想，家裡過不過得下去，我都應該要去工作，受傷花了你們多少錢？我自己有數。這個世界就是這樣，沒錢什麼都別談，我的決定就是不再花時間去復健！我必須跟命運低頭認輸，因爲這輩子，除了在復健室中，我永遠都只能坐著的。我沒有高深的學問，但有豐富的工作經驗，以及一骨子堅毅的精神，所以，瞞著你們找工作、去面試，因爲，我需要錢，而且是自己賺的錢。」

我很誠懇表達我心中所有的想法，爸媽聽完不再說什麼，離開了我的住處。

我開始在東森寬頻接受職前訓練，上過幾天課之後，開始上線打電話推銷寬頻。這是個無形的東西，不是那麼容易推銷，每天打上百通的電話，根本一點成績也沒有，幫我面試的年輕美眉是我的小組長，她叫乃文，她會讓我們這些新進的員工放鬆心情的工作，不過，幾位新進的員工一兩天就不見人影了，我想，是壓力吧。

過了幾天，我們電銷部門出現了一個穿著西裝的男生，他很酷，我也沒去問同事他是誰、他要什麼酷。

「等下要開會喔！」小組長告訴我們，到了會議室，那個要酷的男生自我介紹，原來，他是我們的主管，叫做Andy，開會的內容很另類，根本就是有獎徵答，Andy提問題，答對的有獎金，五百元、一千元、兩千元都有，視題目的難度而決定。

「這題答對的一千塊錢，來，誰會?」Andy又再用錢勾引每個人了。

「曹燕婷會！」我的多事看護回答，我瞪了她一眼，看護因爲跟著我一起上課，所以，她也聽進去不少東西。

「好，燕婷妳答」Andy笑著說著，我一邊聽著看護的答案，加上自己上課所學的，那一千元就這麼被我拿走了。之後，看護也被Andy拉著一起做電話行銷的工作，因爲，她眞的紮實吸收到職前訓練的東西。

每天，都在電話中，上班沒幾天，我的聲音已經略顯沙啞。

「喂？」我的手機響了。

「曹小姊啊，我這邊是台X銀行，請問妳找到工作沒？」一位聲音甜美的女生問我，我回答她我已經在上班啦，一邊回想著台X銀行……不就是那個Sophie面試我的那家嗎？

「喔，妳已經在工作啦，Sophie決定錄用妳，原本是要通知妳上班的時間，既然這樣，那就不打擾妳了，掰。」聲音甜美的小姐掛了電話。

我很高興；也我很意外，竟然會被嚴格的女主管錄取，但是，我還是決定留在東森。

對一個殘障者來說，工作環境遠比薪水所得重要許多，這是我的想法，雖然東森的無障礙不是很完美，但是，比起別家公司，要有人性多了，就這樣，我選擇繼續待在薪水不高的東森，繼續的打電話，聲音繼續的沙啞。

Andy他不是每天出現，因爲他要跑桃園與台北兩邊，每次見到他總是帶著淺淺的笑，不冷不熱地，他不再耍酷，感覺的出他的一點點友善與禮貌，卻也有些些的疏離，似乎是爲了隱藏什麼而刻意地與人保持著距離，這是我的直覺，我所認識的Andy，但是，越來我越發現他是一個吸引人的年輕上司。從幾次的開會與同事口中，他的魅力是其來有自的。

經常，我禱告，在第一本書中寫著我會祈禱，「神啊，請給我工作的指引」，其實，我並不會爲了工作而禱告，但是，受傷後，我不只是爲自己禱告，也爲我的家庭、朋友，甚至我的狗女兒曹小安代禱。

我喜歡禱告，就像跟朋友訴說著一些心事、願望、煩惱，藉著禱告來自我療傷。到了東森上班後，在睡前讀完聖經，開始了禱告，我總是會引用聖經上的一段，申命記第二十八章：「耶和華必爲你開天上的府庫，按時降雨在你的地上。在你手裡所辦的一切事上賜福與你。你必借給許多國民，卻不至向他們借貸。你若聽從耶和華你　神的誡命，就是我今日所吩咐你的，謹守遵行，不偏左右，也不隨從事奉別神，耶和華就必使你作首不作尾，但居上不居下。」

電話行銷的工作是要看業績的，我的自我要求嚴格，凡事都要求完美，特別是工作方面，我要自己作首不作尾、居上不居下。每天八點半準時到公司，一通通去打電話，我很幸運，從來沒有碰到一位兇狠掛我電話的人，也許是我的聲音中帶著誠懇吧。

那天，我跟著客戶說明寬頻的好處、收費，因爲他是用撥接的，收費高加上速度慢，他被我說服了，我拿著申請單，一問一答的申請資料明細填寫中，我的手掌竟然起了雞皮疙瘩，這是我的第一筆線上成交，而且，在我上班沒多久的時間當中，我竟在這個我從沒接觸過的工作上，有了一分，我的心情用一個字形容就夠了：爽！

第一個月，我交出漂亮的成績單。

當然加上幾位好同學的申請，十八筆申請，在辦公室的白板上，會有每個人的成績，在所有的新進同事中，叫我第一名，雖然，在電話行銷的這個Team中，我的年紀算是老的不得了，不過，生就一張娃娃臉，每個同事都以為我很年輕。

我們的工作環境是開放式的，每當我開始幫客人塡寫資料時，那些大男生們就開始說著：「燕婷，妳又成交啦？」，我點點頭，給他們一個不驕傲的微笑，「眞的很屌！」男生們又是羨慕地誇讚我。我表面沒當回事，在我的心理呢？告訴你，我才樂呢！

小組長給我第二個月的目標是：二十筆！而我欣賞的年輕上司Andy，他依舊台北桃園來來去去，他不會給我任何壓力，依舊只給我淺淺的笑。

從小組長乃文那邊得知，Andy對我的表現很滿意，我對自己也很自信，而且不是洋蔥般的自信，僅僅有著稀薄表象。**疼我的父親聽到我沙啞的聲音，幫我買了喉糖、澎大海，我每天就帶著這些愛心糖果與飲料上班，八點半到公司，但是我六點就得起床，因為，我的看護要我拉筋，我趴在床上，**

再用兩隻手撐起上半身，一次維持一分鐘，再趴下來休息，每天至少要做五十下，否則，我腰部到大腿的筋會愈來愈緊。說真的，我每天都很累，那陣子我又瘦下來了，一到睡覺時間，我竟然可以在睡前禱告中睡著，我對工作的認真態度，真是無庸置疑了。

「先生，您好，我這邊是東森寬頻，請問您有上網的習慣嗎？」又開始了我每天一貫的台詞，對方的態度表示有興趣聽我介紹下去，我分析寬頻的好處、東森與別家電信的差別，「那要如何申請呢？」這位先生提出了我最期待的問題，我告訴他，東森最體貼客戶的地方，就是在電話線上申請，無須跑窗口填資料，耽誤客戶的寶貴時間，「請問您可以告訴我，您的大名與資料，我幫您填寫申請書，好嗎？」我已經拿好資料單出來，一切就緒，就等他的回答。「小姐，我跟妳講，我們這邊是一個小社區，有一、兩百戶的住戶，我爸爸是管理委員會的人，妳方便傳真給我詳細資料嗎？我們開個住戶協商大會，看看每戶申請的意願，我再打電話給你，我先申請我自己家裡要用的好了。」這是一個讓我有點興奮有點懷疑的答案，他果然申請了。

但是，他說的一、兩百戶申請，會是眞的嗎？

當我塡完他的資料之後，火速衝到傳眞機那邊，把一些資料傳眞過去，畢竟，這是個希望。同時，我也告訴了小組長乃文這個消息，她也覺得很高興，一旦成交，我們這個Team會交出一張漂亮的成績單，當然，乃文也告訴了Andy，Andy的反應等於是沒反應，他沒說些什麼，只是經由乃文的口中，我知道了一句題外話，「爲什麼沒有人幫燕婷去傳眞？每次都是看著她自己划著輪椅到傳眞機那邊？」這是Andy問小組長的無關緊要的問題。

我告訴過我自己，既然要出來工作，就什麼都要靠自己，我必須獨立，就像上洗手間的問題，廁所太小，我無法導尿，但是，又會滲尿，我只能多包一層小尿布在成人紙尿布裡，利用中午休息時間，找一個空的會議室，把門一鎖，抽出我的小尿布，等到下班回到家再導尿吧，滲尿的問題輕鬆解決。

我的個性一向獨立，任何問題難不倒我，因爲，我是靠動腦筋工作、生活的，從以前一直如此。

那位先生幾乎天天都跟我保持聯絡，詢問價錢方面能否優惠，因爲他們申請的人多，這不是我能作主的，Andy終於說話了：

「燕婷，妳跟他說，價格的部分就是這樣，我們東森的收價已經很低廉了，再說，我們並沒有接社區寬頻的Case，看看他們能接受與否，這件案子，不管成或不成，都別太在意！」

Andy在我的座位旁說明他的立場，從這邊，我更認識Andy了，我眞的發現他很另類，他會偷偷的注意我自己去傳眞的事；而這件數量算是不小的申請案，照常理，他應該會要求我積極的緊盯客戶，因爲一旦成交，可以幫公司、幫電銷這個Team，交出一張漂亮的成績單，但是，Andy沒有給我任何壓力。

這一大筆申請，最後沒有談成，沒有人怪我，我也不是太自責，因爲，我聽了Andy的那句話「不管成與不成，都別太在意」。

過了幾天，Andy到我的位子旁，「燕婷，這張給妳，妳照上面的電話打，應該有機會。」他給了我一張資料，我還來不及說謝謝，Andy已經走回他的位子了。我的確因爲那張資料，又成交了幾筆申請，讓我在第二個月的業績跳到二十八件，這個月沒有任何的同學朋友幫忙，完全靠我一通一通電話撥打，業績白板上面清楚地紀錄著我當月的成績，超越小組長給我的目標：二十件！

我又贏了！哈！這份受傷後的工作，薪資不高，說眞的，差不多是我當業務助理時的薪水，也許你會懷疑以我曾經年薪百萬好幾年的身段，怎麼會屈就這份工作？不過，因爲受傷，我失去了工作的機會，因爲失去過，所以格外珍惜，也因爲格外珍惜，我會讓自己再贏一次！

基本上，我應該算是個相信命運的人，老天給我什麼，我接受什麼，我從不多求什麼，因爲，在我的認知中，人沒有十全十美，我已經有了七分、八分，該滿足了。可是，在大多時候，我更相信我自己，不管是受傷前後，對於任何事情，我會給自己一個目標，往既定的目標向前衝。「心態」可以決定命運，如果你每天只會批評比較，你的命運就永遠在自己狹小的空間，當一隻井底之蛙；如果你每天學習別人的優點，你的命運將會變的有「向光性」。

那天，Team開了一個會，長官們幫我們電銷爭取了幾個名額，不需要打電話去推銷，只要接客戶打電話來申請即可，每個人都笑了，因爲這對於我們來說，簡直是太輕鬆了。

「因爲名額不多，舊同事中挑三位，新同事挑兩位。」小組長告訴我們，每個人又不笑了，因爲，機會渺茫，而我卻一直保持笑容，直覺與自信告訴我，我會被挑上的。

「舊同事就是小伍⋯，新同事一個是燕婷，一個是⋯⋯」，果然，我又中了。我一直相信自己，我的工作能力、凡事全力以赴，即使這個工作沒有年薪百萬的收入。，我尊重任何人、事、物，當然也包括工作。我每天輕鬆的不得了，電話拚命響，我接起來就是禮貌性的說著：「東森寬頻電信您好，敝姓曹，請問有什麼能爲您服務的？」，這是禮貌性的工作台詞，其實是廢話，我當然知道他要的服務，不就是申請寬頻的啊，我輕鬆地填寫著他的資料，那個月，我的薪水跳到三萬多元，而且，只要禮貌性的台詞說一說，就有業績了。

這份工作讓我更肯定自己，我不再是伸手族，而且，在公司的表現有目共睹。我驕傲嗎？在我的字典中，沒有「驕傲」這個字眼，我只有傲骨，爲的是把持自己的原則與立場，我的個性很直，容易得罪人吧，但是相反的，因爲我的直率，很多朋友喜歡跟我談心中話。人是可以圓滑些，但太過則變成是非不明、正反撥亂。

那一陣子，接近出書的時間了，企劃統籌給了我一些通告，我開始請假，然後再利用週六去補班，我的體力消耗不少，不過，我繼續工作、接通告、補班，因爲，我又回到「命運說」，我要繼續老天爺爲我安排的一切，然後，盡力而爲，不管是出書宣傳，或是工作。

出乎意料地進步，我必須繼續復健

這城市、我的心，有兩條溪流蜿蜒而過，一是時間，一是空間。時間，不停地奔流著……空間，也必須變化……這兩條溪流不斷沖擊著我，卻沒有沖擊出任何美麗浪花，只有漩渦困住我。

轉眼之間，我工作已將近半年時間了，也就是說，已經有半年我未曾踏入復健室一步，一方面是工作時間無法配合，另一方面也因爲自己心甘情願，工作成了我的生活重心，我說過，沒有行動能力，只有是輪椅代步；沒有經濟收入，即使之前收入豐厚，卻也並非第一本書上說的「月光族」，買名牌加上養小白臉；其實我每個月都有剩，再加上玩股票、炒外匯，我是存了一些錢。

金山銀礦總有被掏空的一天，所以，我不願意請假去復健，我只要賺錢。

第一本書出版後，最後一個媒體採訪是中天新聞，記者小姐先跟我溝通過，除了訪問，必須到復健室拍一些復健時的畫面，於是，在採訪那天，我踏進闊別數月的振興醫院復健室。

「妳怎麼變那麼瘦？」這是江威漢治療師看見我的第一句話。我笑笑沒說什麼，跟他介紹記者與攝影師認識，拍攝過程一切都很順利，記者小姐告別後，我繼續留在復健室。

「燕婷，剛才幫妳做腿部動作時，妳的筋沒有變硬耶，不錯喔！」江老師愉快地說著，我也高興著自己的筋，並沒有因爲放棄復健而變硬，脊髓損傷者最怕兩件事：一是腿部萎縮，二就是筋變硬。我每天早起做的拉筋動作，顯然是奏效了，雖然每次都百般不情願地從夢中清醒，我還是在半睡半醒間，趴在床上做將近一個小時的拉筋動作。

「說眞的，妳現在放棄復健眞的很可惜！」江老師說了這一句很多人跟我說過的話，對我來說，了無創意！我只是微笑看著他。

「妳的右腳變得比較有力氣，比以前進步，妳知道嗎？」

我收起微笑不可置信地看著他：「你說清楚一點，我？右腳進步？」

江老師點點頭，告訴我剛才在拍攝時，他幫我做腳部運動時，叫我踢右腳，我的右腳有一點踢出去的力量。

天哪，這對我來說，是好的晴天霹靂外加好的閃電雷雨，振奮我心的好—消—息！

我已經認命接受了自己的外在條件，這已是無法改變的事實，卻在這次採訪拍攝中，聽到了這樣的訊息，而且是來自治療師之口，這是眞的嗎？

我捏了自己的腿，不痛啊，忘了忘了，我的下半身感覺等於是零，也因此我不感覺自己的腳有力量。於是捏手吧，「好痛！」我叫著。

「幹嘛啊妳？」江老師笑看我白痴的模樣，我解釋在證實自己聽到他的話，不是在作夢吧。

「不是啦，我跟妳說的是實話，所以，我覺得妳放棄很可惜，加上鄭宏志幫你接了神經，妳眞的很有希望！」江老師中肯的建議與解釋。我沒有馬上答應江老師的建議，因爲，我要想清楚，到底是錢重要？還是復健重要？我必須要研究一下，一旦做了決定，不再反悔，也不再像之前的我，不斷改變。因爲不變，就毋須後悔。

幾乎有半年的時間，我遠離復健，只因爲要靠自己的能力賺錢，我不覺得一個殘廢就得靠人家養，但是，這時候的我，實在難下決定，我沒有跟任何人說這件事情，以前有二姊，失去二姊這位有血緣關係的好朋友之後，我的一些心底話，總是埋在內心最角落。

這城市、我的心，有兩條溪流蜿蜒而過，一是時間，一是空間。時間，不停地奔流留著，夜以繼日，我在受傷黃金期內，接受了神經再生手術，而現在，受傷不到兩年，右腳有了進步，時間對我來說，比其他人更可貴，我如果就這麼放棄黃金恢復期，很可惜，不是嗎？空間，也必須變化，辦公室還是復健室？一旦回到復健室，我勢必辭職，我的工作，沒了！我自己賺的錢，沒了！這兩條溪流不斷沖擊著我，實在沒有沖擊任何美麗的浪花，只有漩渦困住我。

終於讓我想到一個人，有交情、嘴巴緊、擅分析，一位男性朋友。

他開車來載我，我們前往市郊的一家餐廳。

「喝什麼？」他翻著Menu問。

「你別幫我點什麼焦糖瑪琪朵，我覺得太甜，我要拿鐵！」我怕他的雞婆，把他所愛的冠到我頭上。

「呵，Enjoy嘛！」，「不覺得，我對甜的東西沒興趣。」沒給他好臉色的說，我這個人就是這副死德性，別人對我的體貼與好，我不一定接受；我一直是個有自己想法的人，沒有人可以左右我的決定，除了之前的瘋子桂，我承認，我敗在他的眼淚中，淚水軟化了我的一切。

「什麼事？聽妳電話說得不清不楚的。」他點了一根煙給我，一邊問著。

我告訴他我目前面對的選擇題，而且是單選，選擇之後，對我的人生將有決定性改變。

「焦糖瑪琪朵眞的好喝，因爲它夠甜！」他給了我一句品味咖啡的結論，「你！你……」我開了口準備臭他一頓。

「Joyce，當我開車看到妳坐在輪椅上，我很驚訝，來不及叫住妳，妳已經不見了，後來因爲妳主動打電話給我，才聯絡上。妳的變化，如果發生在我身上，我早就反鎖在自己的世界裡了；可是，妳不同，就像妳的咖啡品味一般，不夠甜，妳不像一般的女孩子。」他終於切入正題，而且開始了他最擅長的分析。

的確，我不愛甜得膩人的味道，就像我不是一個甜蜜的女孩，我總是獨立自主活著。

「妳堅強得簡直……不像女孩子……」，哈哈哈，我笑了出來，這是他對我的說法，可見他有多了解我，又有多麼不了解，我並不是天生不會哭，只是經過了那一段瀕臨精神崩潰的時光，我發現哭泣並不能改變什麼，我也不是那樣地冷血低溫，只是太強烈的溫度，除了灼傷自己，也會灼傷別人。

「我的意見是，妳必須把握機會，妳不想再站回妳高挑的身材嗎？我認識的妳，一直是個自我要求很高的人，雖然妳繼續復健，將會失去工作，但是，妳急什麼？憑妳的工作經驗與能力，妳不可能找不到工作的，妳之前賺的錢都被小白臉騙光啦？」他立場明確地表達想法。

「沒啊，騙了不少，不過，我還是有一些積蓄。」我再度陷入半沉思的狀態……工作、復健；復健、工作……

「煩！」我提高音量，看著自己的拿鐵喝完了，我竟也點了一杯焦糖瑪琪朵，因爲，我想讓自己甜一點。

之後，他不想我再繼續煩下去，我們談夢想、談電影、談政治，我們一起用四十五度角仰望天空，吐著煙、一起傻笑，「妳好些了嗎？」推著我的輪椅，準備上車時他問，事實上，經過他的簡明分析、快樂分享、閒扯之中，我已經做了抉擇，我不語只是微笑，我相信，這是好朋友間的默契，他會懂。

我跟公司提出辭呈，因爲我的選擇是復健，兩者不能兼顧，我只能爲我的身體著想，小組長乃文知道我辭職的原因是「復健」，她只告訴我，可以「留職停薪」，隨時歡迎我回來，我感謝滿懷，在上班的最後一天，大家都互道珍重，跟我比較好的幾個男孩子，推著我的輪椅進電梯，在東森，沒有人把我當怪物看，特別是我們電銷部的同事，還有開通部的一個帥小子，他的位子剛好在影印機前，算他衰吧，影印時有問題我就找他幫忙，他總是很好心幫我解決問題，一直到我離職，我們到現在都偶爾會連絡，在東森又交了不少朋友，當然包括那個另類的年輕上司，Andy！

我在回家的路上，打電話給父親，請媽媽辦公室的阿伯來我住處，幫忙拎一些東西。

「爲什麼？」父親不解。

「我辭職了，搬回來的東西不少，所以……」我據實以答。

「妳早該辭職了，給我乖乖去復健！當一個聽話的孩子吧，繼續復健！」電話那頭，父親還是說著半年來未曾改變的答案。

我依舊回到振興跟著江老師復健，除了振興，我也回到榮總，掛了復健科的門診，我丟了復健單到復健室，過了幾天，榮總打電話來：「曹燕婷，這裡是榮總，妳要排復健是嗎？」

「是的」我回答（廢話！我丟復健單過去不排復健排什麼啊？），「有沒有指定哪位治療師呢？」這位小姐又問了，闊別復健半年，治療師應該也換了吧，我想著邊說著：「沒，沒指定。」，聽過男病友跟我說過，來了不少新的治療師，其中幾位優秀的包括兩位男生，一位是張世昌老師；一位是林佳政老師；一位女生嶺榮娟治療師。優秀？這是男病友的想法，我哪裡知道眞優秀假優秀啊？才不指定咧，萬一指錯了，將會殺掉我復健新生活的幸福。任由上帝要給我哪一位治療師吧，上帝會祝福我的。

振興復健回家後，接到榮總通知我下禮拜去復健的電話，「曹燕婷，妳的復健師姓張，妳要準時報到喔，直接找張老師即可，這邊就只有一位張老師，是位男老師。」電話掛斷，我遲疑了半天，最後的那句話：是位男老師！

我的天哪，上帝的確祝福我，賜給我三位優秀治療師裡面的張世昌！男—老—師。振興摧殘完換榮總摧殘，從星期一至星期五，被天天摧殘！救命呀！不過，我還是硬著頭皮去報到了，張老師一副年輕模樣，長相斯文，問了我的一些狀況，他測了我的右腳，的確比較有力量，於是，他把重點放在右腳。

「妳下次不要穿這麼鬆的褲子，穿合身一點吧，妳瘦瘦的，這樣做個動作，褲子就往下掉了，記得喔。」張老師交代我，我微笑點頭說好，心裡在嘲笑他，這叫做「垮褲！」就是瘦的人才有本錢穿啊，聳！

但，我還是聽了張老師的話，之後，我穿著合身的褲子去復健。振興與榮總用不同的方式教導，我吸收很多，我的轉位一直很差，誰都教不會，有一天，我跟張老師說我轉位都是用磨的，怎麼辦？

「妳的手要出力，配合頭一甩，屁股自然抬得起來，就轉過去啦。」張老師邊示範邊說，我做了一下，嘿嘿，眞的很自然的，翹起我那有點小又不太小的臀部，從復健床轉到輪椅上了。連續一個禮拜，除了一些該做的復健，我就是練轉位，張老師教我抓到訣竅，終於，在受傷兩年多，我成功學會轉位，也才能夠換上目前這台輕巧的輪椅。

振興這邊的復健，重點在練習抬右腳，躺在復健床上，大腿與小腿成九十度，一樣用冥想：「右腳抬起來」，每週要想很多次，想到最後，我幾乎要睡著了，換個方式，用求的：「右腳，我求你抬起來，眞的求你啦！」，結果有沒有用？告訴你，右腳踋得很，不理會我。

我問了江老師，他告訴我沒關係，慢慢來，還是要冥想，這些話我心領；右腳還是不理睬，但我求。在榮總，我倒是從沒接受過這樣的方式，張老師教我彎起右腳，一邊拍打著靠近右骨盆邊的肌肉。

「這是敲醒妳的右腳，現在要用力使出動作來。」他一邊解釋著這個我覺得有點詭異的方式，他扶著我的右腳、拍著我的右骨盆，右腳眞的慢慢地彎了起來，一直很踋的右腳是怎麼啦？

我半信半疑問：「你移動我的腳？」

「我只是用一點點力量，你的右腳的確出了力，而把腳彎了起來。」張老師那張不像是說謊的臉回答我。嗄！眞見鬼了，右腳顯然比較聽榮總的話，還是因爲拍打的那怪招奏效了？管他的，反正兩邊的教法互不衝突，我就照著兩位治療師的說法做吧。

說眞的，半年沒復健，我退步許多，再度回到平衡桿中，練習站與走路，已經沒辦法拿著助行器，讓看護輕輕扶著我的腰，在復健室練習走路了。後悔嗎？並不會，因爲，這場比賽，我似乎輸得相當徹底，即使能夠站起來走路，也侷限在復健時，我的腳還是輪椅，雖然有小小進步，對我來說，不代表什麼。

我之所以有一直繼續復健的力量，來自父親的那句話：「當一個聽話的孩子吧，繼續復健！」，以及朋友給的簡明分析。老實說，我實在不敢抱太大希望，因爲，我不願意再讓自己傷心，就好比我自以爲找到一段幸福戀情，結果呢？分手的辛酸與代價，很經典。

但是，死不認輸的個性，也讓我毅然決定，再賭一次。

在我離開復健的那段時間，鄭宏志醫師已經高升爲台北榮總神經再生中心主任了，因爲，鄭主任的確幫助了很多脊髓受傷者恢復了行走能力，因此，榮總特別在本院的斜對面設立了「神經再生中心」，那邊也有復健室以及神經外科與復健科的門診。

跟著張老師，從中正樓的復健室轉到神再（我們簡稱的神經再生中心），每個星期一、三、五下午是我跟張老師的約會時間，儘管每次約會的內容都一樣，但是，我珍惜！

拉筋、訓練腹部以及後背的力量、矯正脊椎略為側彎的現象、穿上肢架練習站立與跳，每當重複這些復健動作時，一抹微妙的氣息就會散開，我隱約感覺這股氣息是在三萬英呎的空中散開，是藍色的。第一，我藉由復健來運動，以防自己的身材走了樣；第二，我可以站立、因著肢架，我可以離開輪椅移動著自己的軀體，第三，持續的進步。我這次下注是對的；遠處的一線曙光，似乎離我不再遙遠。

而在振興這邊，一星期兩次的復健，在我的哀求之下，右腳終於給了我一點施捨，抬離地面約二十到三十公分高度，之前我奇怪的個性——變變變，但是，當我下定決心，再搏一次，對自己說了誓言，「做了決定，不再回頭！」，發誓有時是種幼稚，是一種痴，我卻偏偏堅持，與我正常時的身體，曾經歷的點點滴滴，拼湊出我們曾有的故事。因爲如此的緣故，改變再度發生在我的身上，我右腳改變的程度幾乎是：驚！天！動！地！

每天晚上我會睡前禱告，感謝慈愛的天父給予我平安喜樂的一天，那天，一樣的禱告內容，我竟然莫名哭了起來，我一個人睡，臥室非常舒服，坐在我的雙人床上，我抽泣著，沒有哇哇大哭，眼淚不停滲出，無法控制情緒，無法禱告，是誰讓我這般傷心不能自己地抽泣？大約十幾二十分鐘後，我停止哭泣，已經用掉將近半盒面紙。平靜下來，繼續禱告，之後我倒頭就睡，我不去管是誰傷了我的心，讓我哭得亂七八糟，我要好好睡一覺，迎接第二天的復健課程。

之前，振興江老師告訴我，既然右腳聽使喚，就要在每天起床前練習抬腳，我聽話，因爲這樣的進步是一個很大的機會，如果我再不把握當下，將會埋怨自己一輩子。

哭泣後的第二天早上，我正在練習抬腳，貼心狗女兒曹小安要去洗澡了，看護牽著她到樓下醫師的車上，醫師負責接送她。躺在床上，我想著等也是等，不如就練習把放在床邊的右小腿，抬上抬下的，依然用冥想的方式，「右腳啊，抬起來二十公分就好，如同往常一樣……」

「啊～～怎麼會這樣啊？」我尖叫著！

右腳竟抬到床上了！看護正走進客廳，馬上衝進房間：「小姐，妳怎麼了？」看護以為我發生什麼事，我告訴她右腳抬到床上，她不可置信要我再做一次，幫我把右腳放回地上，我一抬，右腳又到了床上，「啊～～啊～～啊！」這次，換她尖叫，是更誇張的聲音，還連叫三聲，我差點魂都沒了。

「小姐，妳怎麼忽然進步那麼多啊？妳好棒喔！」她高興得像中了樂透似的，「……」她的語氣讓我也突然不知該如何應對。

我棒嗎？沒有期待的事竟然發生了，我不棒，一點都不，我只會求，求我的右腳，我心裡的高興難以抗拒，但是，疑惑同時也在心裡，爲什麼一夕之間，右腳會進步神速？有特殊的魔力籠罩著我嗎？

聖靈感動與鄭宏志加油

在上帝的祝福下，這場賭局還沒結束呢，但是，一點一滴中，我發現，我應該會贏，復健在我不是很期待的狀態下，雖然拐了幾個彎，明顯的進步還是迎面而來。

「燕婷嗎？我是史金，最近好嗎？」教會小組長來電話。

「我辭職了，回去復健，每天下午是我被蹂躪與罰站的時間。」我又開始扮可憐的語氣說著，而事實上，在我心中，因復健而被蹂躪與罰站是件讓我高興得手舞足蹈的事。

「呵，妳還在繼續復健啊？聽妳的聲音很快樂哦！」小組長笑著告訴我她的想法，不知道是小組長沒良心，還是我的演技音效不好，被蹂躪耶，竟然笑著跟我對話著，還是快樂的感覺！眞不愧是一位小組長，處處表現著「平安喜樂」！

我告訴小組長一切都好，但是，上帝變了一個魔術給我，我的右腳在一夕之間能夠進步許多，讓我無法想像。

「妳的右腳眞的進步很多嘍，怎麼會說變魔術呢？妳一直是很傳奇性的人，八樓那麼高，妳竟然活了下來，而在妳毫無所求地接近基督徒，神揀選妳成爲祂的子民，妳是很棒的。」史金小組長邊回答著又邀我回到小組聚會，我答應了邀約，同時我把那天睡前禱告，泣不成聲的事情告訴史金，「是聖靈感動！」小組長說著。

「妳受洗前參加的裝備課程，曾看過一些姊妹忽然間倒在地上、大吼大叫、哭喊，這都是聖靈充滿她們，要把她們身上的惡魔邪靈趕走，因爲，受洗代表洗淨你所有有形、無形的罪惡，將成爲一個新生命，重生！」史金接著告訴我。

是啊，我在受洗前，參加禱告會、退休釋放會等等之類，的確，很多姊妹都出現一些怪現象，我並沒有，最多只是在禱告會時掉了幾滴眼淚，那幾滴眼淚跟泣不成聲的那晚，根本不能做比較，但是，我終於得到答案了，「聖靈感動」，聖靈充滿我，上帝祝福我，我就說嘛，我活著絕對有著一個不知的任務，否則，爲什麼死了又活，死了又活，兩次耶，是靠電擊救回我這條命嗎？

我準備把這個消息告訴老爸，他一定很訝異，然後又會很跩地說：「女兒啊，老爸看事情很準的啦，叫妳復健準沒錯，妳啊，就是當初不聽話，跟妳說那個瘋子阿桂不是什麼好人，妳就不相信……」，我太瞭解老爸了，他很跩，就只是在我們這幾個女兒前面，當我們做錯事情，承擔後果的時候，他不會罵我們，他只會告訴我們當初不聽老爸言，吃虧在眼前了吧，而且，就是，那很跩卻又帶著些些的不捨語氣！

重返職場不但跟復健暫別，也久違了小組聚會半年多，搭著捷運到達士林靈糧堂，幾位姊妹們一起分享著心事，不管好的壞的，當時，我也碰到一個怪事情，我也提出來不是分享，而是請大家給點意見。

因爲一場夢，夢到二姊、她護校時候的男朋友、我三個人在一個山水明媚的郊外玩樂，這是我受傷後第二次夢到過世的二姊，感覺她是在托夢吧，要我告訴那位我把他當大哥哥的人，她已經過世了嗎？雖然墜樓摔壞我最關鍵的記憶體，但是，這位老大哥的電話，我竟然還想得起來，打電話告訴他二姊的事，並沒有告訴他我發生的事，因爲不想，也沒必要。

直到出書之後，有幾十本免費公關書，我寄給他一本，之後，倒是電話偶爾聯繫，約我吃飯，我沒答應，不爲什麼，因爲我沒空，也因爲他的一些怪舉動，讓敏感的我，不得不防。

前年我撿到一隻流浪拉布拉多，我拍了照片貼在PC home網路貼圖區，希望找到有愛心的人收留牠，後來我接到一位女士的電話，表示她的同事想認養，同時她也想跟我碰面，因爲她看過我的書。我不疑有它就答應了邀約，在XX銀行辦公室見面，她介紹了那位想認養流浪拉布拉多的同事，我高興的跟他道謝，太久沒見面，早已不知眼前這位到底是……請問他怎麼稱呼？

我聽到他的名字楞了……好幾秒鐘，原來，竟然是二姊以前的那位男朋友Mike。

他告訴我他是佛教徒，他的師父不是人，是高深莫測的魂，他的師父勸我二姊很久，我二姊才願意投胎轉世，而且那隻拉布拉多，身上有著二姊的其中一魂，所以，我才會揀到那隻狗。（這是哪一國的胡言亂語啊……）因爲她覺得當人太辛苦。她要求一件事，如果Mike答應她就投胎轉世。

「什麼事？」我問Mike，「妳姊要我照顧妳一輩子！」Mike回答我，我表示需要幫忙時我會找他，他搖著手掌，一邊拉著椅子坐在我前面：妳二姊要我跟妳住在一起，我答應她了，其實這幾年我跟我老婆各過各的，如果妳點頭，我馬上跟她離婚！我哼的笑了一聲，我問Mike現在就要答案嗎？他表示我可以考慮清楚再跟他說，「不用考慮，因爲我不需要這種照顧法，謝謝！」我請我的看護進來，離開了XX銀行的辦公室。

大姊知道一點，要我少理這個邪教徒，大姊是虔誠的佛教徒，她不屑於這個人的說法。

「我不知道妳出那本書幹嘛！搞的人家以爲我們多有錢似的！」大姊兇了我一頓，其實那本書的內容，負責撰寫的雅雯文筆太好了，所以讓讀者有個錯覺，我是個從小就不愁吃穿的多金女。果然教會姊妹的反應也是一樣，有位新加入的姊妹，問了一聲：「妳們爲什麼覺得他另有企圖？」，「燕婷出過一本書妳不知道啊？她家超有錢的！」幾位姊妹看過我的書，之後的想法就是這種錯覺。

我不誇大其詞，偏偏就是個事實，受傷前，我很搶手；受傷後，我依然搶手，但是，真正愛我的有幾個？

愛我的錢勝過愛我的人吧，賺錢雖比不上我那超級女強人大姊，但是，就我的年紀，還算是蠻會賺錢的，所以，我可以完全靠自己在二十八歲時，買了一輛全新的BMW 318i M-Look，並非第一本書所寫的跑車，雙B對我來說不是問題，跑車？殺了我吧。

史金組長第二天來到我的住處，了解了狀況，告訴我她熟識XX銀行的高階主管，必要時，知會她一聲，會得到解決之道的。

「謝謝妳，我想解釋一點，我不是超級有錢人家的小孩，我家只是還過的去，我從小被人笑窮，妳相信嗎？」我跟史金小組長謝過之後，又加多一句。

「怎麼說呢？妳被人家笑窮，不會吧！」史金小組長又坐回椅子，問了我這句。這時老爸出現了，我們轉了話題，哈啦起來。

「時間不早了，曹伯伯、燕婷，我得走了！」小組長得趕捷運回家，屋裡剩下老爸與我，老爸手機響了，他說了幾句把手機交給我。

「誰？」我疑惑地問，他不說話，「喂？」我硬著頭皮接電話，誰啊？裝神秘！「喔～～我很好啊……」腦袋浮現出這位身材胖胖、人際關係超好的叔叔，他關心我，同時告訴我一些勉勵的話，更讓我知道一件老爸不爲人知的事情，讓我對老爸不得不另—眼—看—待！

三十幾年來，從未與爸爸有過促膝長談、擊掌歡呼的經驗，工作忙碌，特別是在調往外商公司上班之後，使得我眞的很難找到時間，與爸爸多聊一會兒，儘管我們不定期的家庭聚餐，爸爸、二姊與我會小酌兩杯，但是，說眞的，我愛他卻又對他幾乎一無所知，就如同我在電話中聽到的事一般。

「爸，你急著走嗎？」還給老爸手機，我同時問著。

「有事啊？跟我說吧！」老爸就是這麼體貼的父親，邊回答邊微笑。

「剛才叔叔跟我說，你以前捐過兩百多台的輪椅，眞的嗎？」我竟懷疑起父親的善心問著，因爲兩百多台的輪椅，要花不少錢，以我家當時的經濟環境，是一大手筆花費。

「對，我捐過，把一些退不回去的紅包，買了輪椅捐出去，作好事的並非是我，而是那些送紅包的人。」老爸說話說得夠經典，在他的認知裡，他只是幫那些送禮的人，傳達祝福與關心給需要輪椅的朋友，他總是留心不同角落的聲音，因爲，身邊的世界並不等於全世界。

「只是，我沒想到，我的小女兒會有坐上輪椅的一天……」滿臉皺紋的父親悠悠地說著。

我說過，在同一年裡，二姊意外過世，不到三個月，我莫名墜樓，我的父母親算是堅強中的堅強了，他們變得的蒼老，而且是蒼老得非常快；他們一手挑起所有責任，讓身爲子女的我，不知如何去形容這幾乎完美零缺點的雙親。我低著頭不知該說些什麼，因爲，我眞想哭！

但是，我不能在父親面前掉眼淚，他很Care受傷之後我的心情，好不容易走出陰霾，他非常高興，我只好跟父親聊到右腳可以抬上床的事情。

「上帝聽到妳的禱告，要跟 神求，祂不怕妳求，只怕妳不求！」爸爸難以遮掩的高興，一點不隱瞞地出現在臉上。

其實，我不是有所求而信主，但是，我一直在 神的關愛賜福中成長茁壯，新約雅各書第一章五、六節：「你們中間若有缺少智慧的，應當求那厚賜與眾人、也不斥責人的 神，主就必賜給他。只要憑著信心求，一點也不疑惑；因爲那疑惑的人，就像海中的波浪，被風吹動翻騰。」

是的，我要憑著信心求，我的目標就是：站起來，走出去！

我藉口說要到臥室的梳妝台，看看隱形眼鏡出了啥問題，眞正的理由是：我忍不住了，我要哭出來了……，我關上了門，等到我擦乾眼淚，抬頭挺胸的衝出房間，爸爸已經離開了，桌上一張爸爸的字跡：「女兒，回去復健是對的，這兩千元妳帶著，不要捨不得吃有營養的食物，知道嗎？」再一次感受爸爸的愛，我忍不住又哭又笑，像個瘋子，或許吧。

躺在床上，我輾轉難眠，看著那張字條，我開始數落自己，現在的我把這區區的兩千塊錢看得多重要，正常軀體有高薪工作時，兩千塊錢丟了，我一點也不心疼，今天會「淪落」到此下場，怪前男友嗎？還是自己？明知愛情這個東西，愛過千次百次，都不會有眞正的海誓山盟；明知爸爸及家人極力的反對，卻反其道而行，誰的錯？是他，更是自己。爸爸那句經典的話：「作好事的並非是我，而是那些送紅包的人」，令我想起童年往事……

「妳的紅包，我都幫妳存起來，等到妳長大，我再把存摺交給妳，不能亂花錢的，懂嗎？」爸爸把我每年所拿到的壓歲錢，都存了起來。

「可是，我想買海苔，用我的壓歲錢！」我提出了要求，當時我小二，同學請我吃海苔片，那個時候海苔片都是進口貨，價格昂貴，但是我年紀小不知道，只覺得東西好吃，我回家問爸爸，爸爸也不知道，因爲家裡的經濟狀況不好，所以，全家一起「聳」。

但他問：「妳同學請妳吃的?那問她在哪裡買?」

「爸，你不是認識XXX的爸媽，就是她請我的，你問她媽媽嘛!」

爸爸因爲工作的關係，那時跟迪化街的商家們都認識。過了幾天，我放學回到家，看到桌上有一大罐海苔片，我高興問媽媽：「這海苔片是妳買到的啊?」「不是，是妳爸爸去問XXX的爸媽在哪裡有得賣，知道你喜歡吃，就買了一桶回來!」我準備要打開來吃被媽媽阻止了，因爲爸爸說要等他回來我才能吃。

我既興奮又失望，終於盼到爸爸回來了，爸爸說：這個海苔很貴，不可以一下就吃光，我把它放在這個櫃子上，妳每天只能吃兩包，如果考試成績進步，媽媽會再給妳一包當獎勵，我點點頭，有海苔吃就很滿足了，而且爸爸告訴我那個東西很貴，以我家當時的環境來說，是不允許奢侈浪費的。

拿到壓歲錢，我又想起了美味可口的海苔片，距離上次那一罐，已經好久了，爸爸沒說什麼，我也不再多要求了，從小，我很知足，也很認命，這應該跟我的家庭教育有關，我並不像別人，會被刻意栽培，但結果一事無成；父母親並未怎麼管教約束，也未刻意栽培，反倒讓我闖出一片天，這一點，是很多人始料未及的。

一個下大雨的晚上，急促的敲門聲，我跑去開門，「趕快拿進去，我還要回派出所上班，快點！」穿著雨衣，臉上都是雨水的爸爸，給了我一包東西，轉身就走。

我拿著濕淋淋的紙袋，一打開來，高興地後退了兩步，「媽！海苔！兩盒海苔！」我高興叫喊著，媽媽跟著我一起高興，「看妳爸有多疼妳！」媽媽笑著說。在我提出要求用壓歲錢買海苔時，爸爸沒有給我任何答案，我有點小失望，而在幾個禮拜後，我竟收到了兩盒海苔，更重要的是，因爲缺貨，所以要等，當店家通知老爸貨到時，老爸不管三七二十一，下大雨也趕過去領貨，因爲，他知道，我很想念海苔。

海苔往事、輪椅捐贈之事，都讓我感謝老天賜給我一位優質的父親，原來，我的人生，是上帝老早就替我準備好的故事，在許久許久以前……不管大、小事，不管往事、未來。

我的表情變化了，不再怨天尤人，一切成爲一片寧靜海……

當我的右腳可以稍微抬離地面時，我掛了鄭宏志主任的門診，等鄭主任的門診總是會花上很久的時間，因爲，要請主任看診的病患眞是多到：像每天下班時，那種人潮洶湧、車水馬龍的巔峰時刻一般。

依舊是一臉的親切，主任問我好不好？當我告訴他我的右腳會動了，他的笑更甜，也更自信，但是又帶著一點不可置信的味道，我決定做給他看！我是誠實的陽光女人！之前我的心情，不管再怎麼努力防曬，總是黯淡不已，而自我重返職場、出了第一本書之後，我的防曬出現效果，我變亮了些。

在上帝的祝福下，這場賭局還沒結束呢，但是，一點一滴中，我發現，我應該會贏，復健在我不是很期待的狀態下，雖然拐了幾個彎，明顯的進步還是向我迎面而來。

「眞的會動！曹燕婷，準備打針吧，」鄭主任燦爛地說著，我回他一個更燦爛的微笑，在聖靈感動後，我又去了主任的門診，一臉不高興地：「主任，不是要打針，沒通知我啊？」

主任眞的把我給遺忘了，一直說著因爲他出國、事情太多，一堆理由，「馬上排，馬上排時間！」主任對著護士說，就這麼，我在九十二年十二月二日打了針，主任親自幫我打，打針之前，我告訴主任，看我的特異功能！

「Are you ready?」，「Yes!」，我輕鬆地把修長的右腳抬上床，嗄？主任不是Ready了嗎？怎麼有點發呆傻笑著？「曹燕婷，妳眞的……進步很多，其實，妳一直都在進步中，但是，妳進步的速度已經超過我的預期了！」主任終於不再發呆的說話了，隨即幫我注射了「生長激素」，就是「乖乖針」！哈哈，這是讓我神經聽話的乖乖針喔，別想太多。

神經這個東西，成長速度非常慢，所以，在我接受神經再生手術之後，我便打了第一針「生長激素」，它會幫助神經生長速度快些，我平均一年打一針，因爲，就我所知道的，有一些病友會張力變得很強，不停抖腳，我是女生せ，抖腳像話嗎？而且那種抖，是無法控制地抖，成何體統！但是，沒有張力也不行，會軟趴趴的，沒辦法練習站立與走路，好在我的張力都恰到好處。

乖乖針打完，住院一天後，我快樂地回到住處，因爲我想念寶貝狗女兒曹小安。她看到我回家，前腳又趴在我大腿上，親熱得很，我想她的心情跟我一樣吧，愉快的在天空翱翔、巡邏，這一刻，我們的內心都感到滿足，因爲，我是她一天沒見到就會思念的馬麻；她是我一刻不能缺少的心靈導盲犬。

四年前墜樓，當時我一個人住，四年後的現在，我還是一個人住，但是，多了一個深深了解我的愛、我的好、我的壞、我的一切，無須言語溝通，減低我焦慮的她，曹小安。我快樂地拿著她最愛的公仔與她玩耍，一邊回想著打完乖乖針時，主任跟我說的一句話：「曹燕婷，加油！不要停止復健，要更進步，好嗎？」

我歡欣地在客廳大叫：「我要加油！因為，我要站起來！主任，請你放心，我復健到底，不再改變！」

因爲復健搭復康、捷運不便，決定再開車

我一邊開車一邊想著，把不完美的記憶都甩開，雖然，我現在是用手動油門與煞車來駕駛，但是，我駕駛得怡然自得，那些不愉快的記憶都不管了……我很輕鬆，我很從容，駕著車，彷彿又找回了以前承諾自己的快樂……

受傷前，不管是走在街上，或是開車，從來不會注意到一輛一輛小型巴士，那是專門提供台北市民，領有身心障礙手冊，不管身體、心理，有些許

殘缺不方便的人使用的交通工具，我之前不但沒注意過，又何曾想到過自己會需要搭乘這種「殘障小巴」？

總以爲自己會一輩子開著愛車，想去哪裡就開向何方，離開住院的白色恐怖期之後，到醫院復健，我總是搭乘「殘障小巴」，這是台北市民的一個福氣，其他縣市並沒有這麼多數量的車子，九十輛很多嗎？看起來是個小數字，列出比較法公式，就台北縣來說，十輛！你說多不多。不過，每天都需要預約，依殘障等級不同，譬如我是重度肢障，可以四天前就預約，如果是中度、輕度，那就只能一天或兩天前預約，每天早上八點半，我便開始打電話，佔線！掛斷重撥！佔線！掛斷重撥！佔線！掛斷重撥！一直重複這個動作，赫然發現，需要搭復康殘障小巴的人還眞多哩。臨時想去逛個街、跟朋友約會，都很難叫到臨時小巴，要不就是朋友們來接我，再不然，要約我，麻煩四天前告知。

不是我難約，雖然我會選擇性的約會，以避免不必要的困擾，我有點踐，更踐的是復康小巴。坐在復康小巴上，其實，不是很舒服，因爲整個輪椅進入車廂，即使固定了輪椅，我們的重心高，那種平穩度眞的相差很多，會開車的人應該都了解，爲什麼跑車的底盤低？因爲重心一低，車子就穩，你便可以盡其所能的加快速度操車子，加速轉彎、甩尾都不是問題；相反的，你用一輛休旅車急轉彎或甩尾看看，車子早翻了，我愛玩車，對車一點懂。

因此，在復康小巴上，我總是不很舒服地坐著，我不會抱怨什麼，因爲，身爲台北市民，已經是甘甜的福利，至少，對我來說。

去桃園脊髓損傷潛能發展中心時，利用晚上休息的時間，我報名了駕訓班，奇怪嗎？坐輪椅的人怎麼開車？科技總是會解決一切問題的，改成手控油門與剎車即可，只是，兩隻手同時忙碌，右手操控著方向盤；左手控制手動油門與剎車，瞞著父母，我在桃園學習開車。

教練來到潛能發展中心接我去駕訓班，「妳之前就會開車嗎？」教練站在駕訓車門邊問我，我跟他點點頭。

「好，那妳直接開到駕訓班，我坐在旁邊，妳不用怕。」教練帥氣地邊說邊要我上駕駛座。

你不怕？我很怕！我已經剩半條命了，竟然，要我直接開到駕訓班？那手動油門煞車怎麼搞啊？但我還是坐上了駕駛座，教練告訴我，手動油門煞車如何使用，另外，就是他那邊有個煞車，情況不對他會採煞車，所以要我別擔心。我就說嘛，會有人這麼勇敢的被我載？因爲他早已自備剎車了。

「這樣跟妳講，懂了嗎？慢慢開，我告訴妳怎麼走，對了，妳以前開什麼車？」教練問我。

「三輪車，大卡車……」我故做正經的說。

「賣鬧啦，妳到底開什麼車？」教練笑著繼續逼問我。

「阿就賓士啦，C230 Kompressor。」我告訴他眞正的答案。

「那我跟妳說，妳開這台會辛苦些，因爲這車沒那麼高級，是沒有動力方向盤的，好，出發，妳直走。」教練審判完畢，我小心翼翼開著，說眞的，這輛小車，不過一千二百CC，方向盤還眞重，的確是一分錢一分貨，高級進口車果眞不同。

接下來，我一個星期有三天晚上，都要抽空去駕訓班練習，也都是由我從中心直接開到駕訓班，這一路上，我輕鬆平常地開著車。剛開始，是有點緊張與不習慣，兩隻手忙著彼此箝制，一起操控著一輛車，看似連體嬰，缺一不可，其實兩隻手是有著不協調性，因爲，他們各忙各的，右手不在左手的世界裡，他們只屬於自己，我才是他們的主體，用腦袋命令他們：「就是要習慣，否則別想開車！」

經過幾天而已，我就征服自己了，我安穩地駕駛車子練習，路邊停車、倒車入庫，這些我都熟到不能，教練只要教過我一次，都讓我自己練習。我開著車在駕訓班閒晃，那天，天空好美，幾乎要消失的晚霞，如琉璃一般的佈滿天邊，蟲子們唱著森林狂想曲……我眞的沒想過，我還有機會再開車，而且，一、兩年沒碰過車，我的駕駛技術依舊很優，趁著沒人時，我又偷笑了起來。

笑著開去練習倒車入庫，我自信滿滿，果然如同往常一般，一倒車便進了格子中，連線也沒壓到，我反覆練習，結局卻有點怪！

倒車竟然把後輪倒上安全島去，我猛壓手動煞車，車子終於因爲底盤卡住而不再後退，好幾位教練跑來關心我，包括我的專屬教練。

「怎麼了妳？」大家異口同聲問。

「我不知道！我就練倒車入庫啊，車子一直往後不停，我猛壓煞車，竟然沒用！」我心慌意亂地說著，順便看了一下我的腳，右腳竟然踩在油門上！

這就是不自主張力出現了，它把我的右腳踢到油門上頭，肇禍者就是它——張力！沒有人怪我，但是，我的心情很不好，我告訴教練，想回中心，不練了！回到中心，進了房間，我心理很不爽，罵了一句：「靠！殘障是個屁！」，今天我人好好的，會去搞什麼殘障車的練習啊？甚至在中心，除了教我們如何生活自理，我竟然要學殘障摩托車。摩托車本來也會騎，學生時代就是騎著我的摩托車東奔西跑，現在，搞得我要學加兩個輪子的摩托車，殘障機車！「他媽的機車！王八蛋！」我的生氣、不平與傷心，湧上心頭，當然，也淚灑房間。

良久良久，我沉浸在這空氣凝結到極低溫的苦澀回憶中，不發一言。

我思考著，今天還好是倒車入庫，如果，是走直線往前開，我不是活活壯牆，車毀人亡？死了也就罷了，萬一，傷得更重，我爸媽又要再受一次打擊了，不是嗎？自己好不容易漸漸走出封閉，再傷個要死不活，我一切的努力都白費了。終於忍不住，我嘆息：「先不學開車，以後再說！」

第二天，打電話給教練，說明我的理由，我不能再過去冒險了，教練一直遊說我：「妳開得很好，我幫妳把油門下面加個易開罐，就沒問題了啦！」，我堅持想法，不學了！請退費給我，教練聽到我的回答，終於答應。

那天的夜深時分，我上了床，獨自翻開記事本寫下：「無了，駕訓班半途而廢，本來的計畫，無了！不過，至少我開了車，一切過程與結果，平和溫潤而無炫麗突兀之感，雖然有點小意外，我想……以後，再說吧！」

受傷之後，我心愛的賓士**C230K**，也是隔了一陣子，才割愛，因爲我孤陋寡聞，當時並不知道可以將它改成手動油門剎車，家中每個人一輛車，爸爸因爲年事已高，我們早不允許他再開車，偏偏他的邀約挺多，每天下午固定與朋友泡茶，這樣也好，省得他無聊，也由此不難發現，爸爸的人際關係非常好，即使他已退休十一個年頭，依舊朋友一堆，更與各方維持良好的人脈，因爲，他優秀，沒有一個人不尊敬他。

媽媽也有自己的車，大姊送她的賓士**CLK**，二姊過世後的賓士，賣給堂哥，我的愛車沒人可以開，決定出售，因爲保養得非常好，加上被我操過，加油、轉速非常棒，因此，我賣給一位愛玩車的朋友，而且是非常美的價錢，他高興，我滿意。

復康巴士搭乘了一段時間，我實在受不了每天得電話預約，「買車！買車！」這個念頭在我心中又出現了，幾個朋友打電話來，說下周有個聚會，「不好意思，臨時跟我說，我訂不到復康巴士せ！」我心虛又盡量壓抑不爽。那天我並沒有啥活動，就是因爲交通工具的問題，拒絕出席的理由就是它。

「請曹媽媽載妳來嘛，妳來才熱鬧啊！快啦！」朋友還是不放過我，我解釋著，眞的很想去，媽媽的車是兩門轎跑車，我擔心輪椅放不下，只有雙人座位，後座很窄，拗不過朋友，我跟媽媽開口，一試之下，幸好我的看護個子不大，而輕巧的輪椅也只十四吋而已，於是順利與朋友聚會成功。

「Joyce，妳以前開車開得嚇嚇叫，最喜歡搭妳的車，速度感跟安全感都讓我很難忘記，特別妳是一個女生。」朋友又在滿足我的優越感，「我也想啊，去學了，出了點小trouble……」我略帶不悅地提起那段學開車的小意外。

「妳們那些復健的叫什麼？病友啊？有沒人開車啊？」，「沒！不知道是怕死還幹嘛，並沒人開車！」我不爽地說出眞心話，事實上，眞的沒有啊！問過振興的江老師之後，他告訴我，開車時把兩腳綁起來，盡量放左邊，張力的問題便可解決，我高興得知解決之道。

許多人感嘆世態炎涼、人際疏離，事實上，**如果我們用心生活，細細品味周遭人事物，會發現一些無所不在的小精靈，他們可能就是上帝派來化身平凡人的天使，讓人間處處有溫暖**。就如同我的朋友、我的治療師，他們不會因為我是個輪椅族，而忘記邀約我聚會，更會給我一些勉勵與溫柔建議，那種感覺眞好。

我跟父親提出開車之事，父親覺得危險，怕我被欺負、綁架，而頻頻搖頭。

「爸，我這樣復健的時間被限制，有時動作還沒做完就得回家了，朋友約我，除非他們開車來接我，否則……」

「女兒，我知道，但是以妳的個性，妳一定又是買好車，加上妳第一本書的內容，不斷強調妳是年薪百萬的富家女，萬一，哪天妳被綁票怎麼辦？」爸爸打斷我的話，憂心地解釋。

我怔忪發起呆，因爲老爸說得沒錯，第一本書，我的確被誤以爲是個活動的新台幣，而我對車，很挑剔，我開過日本車、美國車、德國車，我的最愛是德國車。當下，我的思維似乎毫無運轉能力，與父親的對談草草了事，沒有結局。

搭了復康巴士有兩年的時間，我從輪椅摔下過一次，我的看護叫著，司機先生一手抱起我，不過是變換車道，速度上也還好，我就是這麼摔下來。去年六月簡直不像話到極點，那個月我摔出輪椅有五、六次之多，還扭傷了腳，我得到賠償嗎？基於怕影響到下年度保費提升，因此，復康小巴不報出險，只是按我的醫療費用與車馬費，實報實銷，試問，這對我公平嗎？這不打緊，一天，我到教會服事，坐捷運到劍潭站，下了捷運在往士林靈糧堂的途中，看護推著我的輪椅，匆匆地推著我往教會門口去，因爲服事完，我依然要去復健，復康巴士是適時不候的，紅磚道上坑坑洞洞不好走，我走在路邊，經過一輛舊賓士，爲了怕我的輪框刮到，我還特意把右輪胎划向外面一點，輪椅還在賓士的車尾巴時，一個年約三十出頭的男人，站在賓士車旁叫住了我們，問我們爲什麼不走紅磚道？

我的看護跟他道謝，推著我上了紅磚道，接著他說：「妳刮到我的車子，不知道啊？」

我的看護回答他：「沒有啊，小姐還特別把手放在輪胎上往外推，就是怕刮到車子」

「就是刮到了！」他斥聲對看護說，看護頻頻道歉，我沒有說什麼話，推著輪椅就往前走，因爲我眞的來不及了。

「小姐，妳刮到我車子還想跑啊？」他在後面喊著我，我不予理會，因爲根本沒刮到他的車子，我繼續往前走，看護則是趕緊跑上來推著我的輪椅，口中依然跟那位有點無理取鬧的先生說對不起。

「小姐，我要妳跟我道歉，說對不起！」他跑到我前面擋住去路，「先生，我們並沒有刮到你的車子，所以我也不需要跟你說抱歉，我現在趕時間，請你讓我們走好嗎？」我和顏悅色應對他的兇神惡煞。

「妳明明就是刮到我的車，我一定要妳道歉賠不是！」他繼續用很不禮貌的態度對我，我告訴他，我的看護跟他的頻頻道歉不夠嗎？更何況我的輪椅根本沒有刮到他的車子。

「那我叫警察來處理！」他作勢要拿出掛在腰上的手機，他如此不講理，我決定奉陪到底，我告訴他：「好啊，你叫警察來，我不走了！」

結果呢？他又不打電話了，就是擋在我面前，一直重複著要我跟他道歉，我心裡面堅持我的想法，我沒有做錯事，我爲什麼要跟你道歉？跟你道歉完，或許你又有其他要求，要我賠錢什麼的，我還是不道歉！

我的看護竟然開口了：「先生，小姐眞的在趕時間，我剛才跟你道歉不夠的話，我跟你下跪好不好？」「不准！」他無理取鬧，我奉陪！」我回頭對著看護說，那個無理取鬧的人還是擋住我的路，不讓我走，我心平氣和地說：「先生，我眞的在趕時間，我知道你的工作單位，也記下你的車號了，我會直接跟你的老闆聯絡，這輛老舊賓士，想必也不是你的車吧，如果你老闆也認爲車門上的舊刮痕，是我輪椅碰到所造成的，我會直接跟你老闆道歉，這樣可以嗎？」他摸了一下他掛在胸前的識別證，終於走到旁邊，讓我通過。

上了復康巴士，我打電話到他的服務單位「華X航空」投訴，我告訴他們，今天他會這樣對我，也一樣會這樣對其他殘障朋友，我們是弱勢團體沒錯，可是我們還是人吧！我們也有人權啊，不能因爲我們行動不方便，就可以恣意的欺負我們，華X航空頻頻抱歉。

復康巴士司機聽了我的談話，他表示那個人根本就想敲詐一些錢，我回答他說：「他啊，休想！因爲我精的跟古靈精怪一樣。」司機先生聽完哈哈大笑。

在台灣，弱勢團體的確容易遭人欺負，我不懂爲什麼？我們身體有殘缺就一定矮人一等嗎？回到家中，爸爸剛好送晚餐給我吃，我跟爸爸說今天的事情，加上連續在復康巴士上，從輪椅摔下來，甚至把腳踝給扭傷了，更堅定我要買車的決心，同時，我也告訴爸爸，「爸，如果有一天，我眞的被綁架，不要給贖金，我不過是半條命，不值得！而且，我會讓自己死掉，絕不讓歹徒得逞，我說到做到！」

「妳……非買不可的話，我沒話說，不過，後面說的事情，以後別再提，自己小心點就好！」爸爸蒼蒼白髮與沙啞的聲音，略顯無奈，卻也答應了我，沒特別的原因，只希望我不要再一次的摔跤、走在路上被人恣意欺負。

台灣這個社會，冷暖摻雜，善心人士多得很，但是，欺負我們弱勢團體就是有這些敗類，誰想坐輪椅啊，我們行動不方便，但也還是一個人，一條命吧！低頭想了許久，眼淚像雨滴般一顆顆落在地上，地心引力讓淚水在地板上暈開了，就像小船駛入大海般深不見底，這是沒有聲音的哭泣，是憤恨，也是痛楚！我眞的是別人眼中所見那麼勇敢嗎？我想，不盡然吧！

好強的我，再度練習開車，憑著自己的能力，我買了我的最愛……德國車，我來去自如，一切都比以前方便許多，特別在復健的時間上，我可以控制，而不再是看復康小巴的臉色。那天，我開車復健回家途中下車到7-11買食物，我的外籍看護幫我準備好輪椅，我從駕駛座轉位到輪椅上，買了東西，又再從輪椅回到車上，旁邊一個年輕人，從我下車他就一直注意著我，到了我上車發動引擎後，他走到我的車前面，豎起大拇指給了我一個微笑。

我開車離開時，跟他微笑著點個頭。我一邊開車一邊想著，把不完美的記憶都甩開，雖然，我現在是用手動油門與煞車來駕駛，但是，我駕駛得怡然自得，那些不愉快的記憶都不管了，我只在乎那個路人給我的笑容，我很輕鬆，我很從容，駕著車，彷彿又找回了以前承諾自己的快樂……

網路病友的心情轉折

我辛苦調適了一年多，終於重見太陽，有些病友，完全沒有辦法接受自己，在他們的世界中，沒有陽光，沒有氧氣，會窒息，他們也願意就這麼過下去，這就是我所謂的「很辛苦」。

每個人都有朋友，好友、損友、網友，聽過「病友」嗎？也許是我孤陋寡聞，受傷後，我才知道有一種朋友，叫做「病友」。患著相同的疾病叫做「病友」吧，我也解釋爲同病相連的朋友，也可以稱之爲「病友」，不是嗎？

在振興，在榮總，因爲復健，當然就接觸了一些病友，一樣是脊髓受傷或是行動不便，更拉近了彼此的距離。不過，不知道什麼原因，我在振興比較受歡迎，在榮總，我總成爲別人在背後的批評對象，跟朋友研究過，因爲第一本書的關係，引起別人對我的認識，「她們比不過妳，忌妒妳，不用理會！」朋友告訴我。

就我而言，身邊有人跟我不同，我會羨慕，也會祝福，從來不會忌妒，即使受傷前曾經小小輝煌，只會讓自己自我要求更高，要跟他（她）學，而不是忌妒別人，我才不會讓忌妒像癌細胞似地擴散全身，侵蝕掉我的快樂。

每個病友，受傷的心路歷程，都很……怎麼說呢，都很辛苦吧，以我自己來說，我辛苦調適了一年多，終於重見太陽，有些病友，完全沒有辦法接受自己，在他們的世界中，沒有陽光，沒有氧氣，會窒息，他們也願意就這麼過下去，這就是我所謂的「很辛苦」！

下面的文字是病友小葉與薔的眞實故事分享：

那是個冬天，二〇〇二年十一月的一個晚上，跟著朋友們去溪邊（西邊不就是西方？）玩。玩（完）？是的，當我運動神經發達到，冷冷的夜晚，就是想浸在水中，享受溪水的波光粼粼，「跳！」我以美麗的姿勢跳入水中，一切改變了，眞的好玩了，我沒有撞到任何東西，只是一直往下沉，我的手腳突然間完全不會動。

「小葉！小葉！」，朋友們喊著我，因爲，以前我跳入水中，馬上浮現我俊俏的臉龐在大家面前，這一次……「小葉，我拉你！」朋友在水中跟我比著手勢，我被抬上岸，意識完全清醒，頸部痛的不得了，我不禁自問，這是怎樣的狀況啊？

朋友們叫了救護車，深夜十一點，我進入一家還沒歇業的小診所，打了一針類固醇，一樣，躺著回家休息，診所醫師沒説什麼，當然，我也是一片茫然！父親見我狀況奇怪，到了成大醫院接受手術，打了鋼釘在脊椎上，「我到底怎麼了？」我天天問，時時問，沒有答案，一直到了復健的時候。

治療師告訴我，頸椎第五、六節撞擊受傷，我從此必須復健，「休學吧，先把身體弄好，不過，要有心理準備，你將……坐輪椅，也許……一輩子。」治療師輕聲告訴我！距離這麼近，我的雙眼卻失焦看不見治療師，眼淚奪眶而出。復健完回到病房，一群同學來探我，他們依舊跟我哈拉打屁說笑，同學中，我的人緣不錯，一直很樂觀的我，這個時候，表面沒事，心裡繼續滴淚水。不封閉自己、不在別人面前哭，這是我受傷後兩、三個月我做的最正的事。

家人看到我如此，放心多了，我只能當是命該如此，就算是宿命論吧，我過著跟以前完全不同的生活，家人不會帶我去求神問卜，他們相信醫術，醫術會治療一切，拜拜、求神？又能怎樣？會轉變一切嗎？會的話，就不會有這麼多辛苦生活的人了。而我似乎ㄍㄧㄥ不下去了，我開始封閉自己，白天與夜晚，我跟著亮，也跟著黑，雖然朋友同學們來找我，不會拒絕，但是，很顯然的，我微笑的線條已經慢慢消失了，幸福離我好遠，真的好遠！我很後悔，「不去跳水不會這樣的，爲什麼是我？我才大三，已經規劃好的未來，我怎麼辦啊？」

我常哭，尤其是在黑夜中，所有的東西都變成黑色！我似乎就能因此被保護著，我看不到別人，別人也看不見我，這個時刻的我，不必偽裝，不必壓抑，可以盡情發洩我的不滿與不甘的情緒，我的表情跟隨我的思緒遨遊，不必擔心別人竊知我心中的密秘。白天所有的僞裝都是因爲怕父母擔心，而在熄燈後的黑夜中，我可以爲所欲爲，發洩我的情緒。沒有人看到，我可以放心的讓淚水默默的流，也可低聲飲泣。

每天的睡眠時間，我，只想哭！我，只能哭！連死都很難，我的手指功能受到影響，我竟然不會拿筷子了，我只能拿湯匙，我還能拿刀自殺，了結自己嗎？不可能！看著窗外，總是霓虹閃爍，曾經站在熱鬧的街口，看著人來人往的黑影幢幢，而現在呢？我站在被同化的臨界點上，躲在臥室中成爲一個黑影，然後消失在唯有我一個人的黑夜的床上。

在家人的支持下，沒有人急著我復學，有的只是來自家人的催促——放下當下，一切以復健爲主！顛覆了秩序規條，要實踐的就是讓我身體健康，我開始戀上家庭幸福的味道。母親身體不好，也常臥病在床，我的家境並不富裕，父親一個有力的肩膀，挑起重擔，我的弟弟與妹妹也在幫忙家中經濟。「哥，你別想其他的，加油復健！」、「小葉，我們等你回學校！」、「阿爸嘎你共，你厚，愛企復健啦，賣休把行，阿爸單曆參以前趕況，站起來厚，叨叨阿來，災某？」，這些來自家人、同學，最特別是，爸爸每天跟我說的千篇一律，但我一點也不煩的話，精采、花樣其實還好，但因爲深沉動人，所以出乎意表，所以酷。

因爲這些鼓勵，受傷至今，我不停的復健，站立傾斜床、腳踏自動腳踏車、沒有一般的姿勢性低血壓，打電腦Key in完全不需輔俱，也不坐高背輪椅，我，確實進步！除了我，當然我的爸爸、家人、朋友都等我站起來，我也自我期許著，朋友告知我，台北榮總鄭宏志主任的優秀醫術，相—當—期—待，第二階段的人體實驗，我眞的願意當一隻白老鼠，能夠再站起來，why not?現在的我，發現人原來是很容易滿足的，這段日子以來，我曾在無盡的黑夜猛哭，很潦倒、精神上的自我窮困，但是，至今回味，竟然滿足愉悅了起來！我是這麼的幸福，那麼的快樂，想到這裡，我又不由自主地更快樂起來了。父親的愛，我要分外的珍惜它。就當這些是我成長的必休學分，爸爸的那句「叨叨阿來」，是的，即使微乎其微的期待，我都要，慢慢來！

「希望森林」是一個基督教網站，在二〇〇三年推薦了我的第一本書，以及我的網站，而我的網站在台北、新竹脊髓損傷者協會，都連結得到，因此，認識了一些網路上的病友。他們會在留言版或直接mail我一些問題，因爲「希望森林」的一位姊妹「小馨」在新竹脊髓損傷者協會的留言版告知他們，我在榮總治療、復健，一切都很不錯，可以來問問我台北榮總是怎樣的情形。「薔」人住在台北，不過也是因爲新竹脊髓損傷者協會的留言版，而與我連絡，她是「馬尾症候群」，在我們SCI裡面，可以說是最幸運的了，行動幾乎是沒有受到任何影響，唯一的不方便，就是大小便失禁。但是，罪魁禍首竟然是X大的醫師！她無奈得想尋死，X大醫師完全撇清責任，她能怎麼辦呢？

「我一直活在自責的空氣中，是我同意開刀的，我老公本來就不贊成，家人也不希望我冒這個險，但是，我聽了醫師的話，不開刀有可能會癱瘓，所以，我不管別人的反對，我要開刀！」「薔」帶點悲傷與自責的語氣告訴我，後來，因爲她實在說不下去了，我請她mail給我，我終於知道，也終於改變「馬尾症候群，在我們SCI裡面，可以說是最幸運」的想法。

二○○二年八月份，我生了孩子後，在我餵母奶的時候，總覺得腰痛，但是，爲了孩子的健康，我仍然繼續的餵母奶，慢慢發現不僅是餵奶的時候，平時也是腰痛的厲害，經過親戚的介紹，我到了X大看了神經外科的門診，做過了一些檢查，像核磁共振，醫師覺得不是大礙，就是椎尖盤凸出，另外有個脂肪腫瘤，可以開刀，也可以選擇不開，我很茫然，不知如何是好，親戚又幫我介紹了同一家醫院的骨科權威，椎尖盤突出這個問題找他就對了，幾次的門診，而且只是權威下面的醫師幫我門診，這位總醫師就毅然決定要我住院開刀，矛盾的是，我住進醫院，住院醫師看我的情形，只需復健，開刀可免。老公始終不贊成我開刀，於是，我們辦理出院手續。

這時候，權威又跳出來了，「妳的脂肪腫瘤一定要開喔，小心癱瘓我跟妳說！」權威醫師很權威的語氣說著，老公擔心問著會不會有任何的後遺症？

「啊呀，不會啦！這是很安全的手術啦！」權威醫師信誓旦旦回答，我眞的很怕癱瘓，決定接受手術，甚至沒想過，骨科怎麼會開脊椎旁邊的脂肪腫瘤?單純的我，鑄下了大錯。手術房出來之後，我沒有感到任何不對勁。

經過了幾天，我被我的大號嚇了一跳!怎麼排泄物出來，我竟然毫無感覺?「醫師，是怎麼回事呢?」，「那個過幾天就好了啦，沒事情啦！」醫師毫不以爲意地回答我，我又是單純著相信著，過了幾天，拔掉尿管，我想排尿，卻排不出來，我哭著問身邊的人，我到底怎麼了？沒有人知道，大家的臉上一抹疑問與不安，我感覺得到。

「醫師，我大小便都有問題，是怎麼了？」，「這個嘛，是不可避免的啦，妳開這個刀，腫瘤拿掉，妳不會癱瘓就應該很滿意了！」權威醫師推翻了之前沒有後遺症的說法，完全撇清責任，我好恨！當時接近過年，我滿腔怨氣先出了院，準備年後再住院，弄清楚一切狀況。

再住院時，我被宣判是「馬尾症候群」，開始學如何排便排尿，每一次尿尿的時間大約就要花掉半小時，先壓肚子，而且是很用力壓，壓到二十分鐘之後，護士再幫我導尿；大號更是痛苦，我原本就是會便秘的體質，一個星期、兩個星期過了，我依舊大不出來，從此開始吃瀉藥，隨時隨地我都有排便的可能，那是多尷尬的事情啊？

我毀了，而且是自己毀了自己，每天哭泣、耍脾氣，老公總是盡量安慰我、鼓勵我，「老婆，不要這樣，能夠會走路沒癱瘓就很好啦！」

「不是你，你根本不能體會，我爸的醫生朋友說，這種脂肪腫瘤沒壓迫到神經，根本不用開，你懂什麼？」我怒氣飆到老公頭上，我大聲哭叫著，老公一句話也不會回，只會來拉著我的手，無言的安慰吧！從小，我就幸運得不得了，求學、就業，我都比別人強，爲什麼一個手術，幸運之神遠離了我？

我走上頂樓，站在二十二樓上面，我想一件事，跳—下—去！我一邊哭著一邊說著：「爸爸媽媽，親愛的老公，對不起！我從來沒想過，我會變成一個大小便失禁的人，我不要活了……」

「妳在幹嘛？跳下去？萬一沒死變成癱瘓或植物人，怎麼辦？好，要跳，我去把孩子抱過來，一家三口一起跳！」老公抱住我，一邊說著讓我感覺唯獨他是無可取代的。

之後，雖然我仍在活在低溫濕氣重的日子裡，但是，我聽到一句，讓我覺得自己活的眞幸福的話，跟一樣是「馬尾症候群」的網友阿進，常到燕婷姊的網站留言與mail分享，「我好羨慕妳能走路喔，妳的老公很棒喔！」燕婷姊不管在電話或見面、mail時常說。我竟然被羨慕，難以相信我自己鑄成的大錯，「馬尾症候群」、大小便失禁，我的苦跟別人比較起來，我還是像以往一般，是個幸運的人，生命讓我活出道理，不再侷限自己，叫我自由。

我也聽了燕婷姊的勸，到了台北榮總找了鄭宏志主任的醫療團隊，復健科醫師蔡昀岸，他建議我不要壓尿，而是應該單導，並且幫我做了腎臟功能檢查，我的功能竟也損壞了四分之一，我又高興又生氣，高興的是，我終於找到值得我相信的醫院榮總，生氣的是，那個號稱多麼權威的X大醫院，不但害我大小便失禁，連我的腎臟也因爲不正確的排泄方式而受傷。

我深深感覺，有時候人眞的好可憐，知道該做與不該做的事，但是往往都是去做了那些不該做的事。像我，家人、老公都覺得我不該接受手術，我卻做了不該的決定，現在想想，還是會哭，還是會，但是我承認自己的無知與錯誤，一股大勇氣，讓我繼續的與家人生活、與老公相愛、寶貝我的孩子，直到我的呼吸停止的那天。

製作網站、認識網友，弘修令我人生美麗

我一直重視友情，友情比不上親情濃郁，但是，要比愛情長久……一直以來，我的觀念裡，就沒有所謂的山盟海誓，有的只是甜言蜜語，一旦激情過後，互相看不對眼，說好聽一點，叫做挑剔，其實呢？就是找碴。

出了第一本勵志書，宣傳通告密密麻麻好一陣子，到了去年，都還有零星通告，這個世界就是這麼怪，當我是個正常軀體時，不會有人會想要採訪

我，奇怪哩，我好歹也是個年輕、開雙B、不拿家裡一分錢的……有點美，咳，又不是太美的有爲青年吧。除了當時第一代導盲幼犬曹小安露臉之後，華視新聞、其他報社就是指定要採訪曹小安，或許吧，在台灣盲人重健院的眼中，我把曹小安訓練得很好，一些基本指令她都能瞭解。

說眞的，除了復健，我有很多的時間，不想過去，告訴自己，我一定要忘記過去，我要重生！我的天空必須晴朗，不能再有任何一朵烏雲。

「做網站！」自言自語的告訴自己說，也眞的著手開始，我曾經說過，「人類有很多種，我應該是最奇怪的那種」，你瞧，又有了新的想法，改變我略嫌平淡的生活，其實，這般的生活，讓我一度以爲，只要簡單地生活，我可以平息了偶而加速度的脈搏，可以忘了在逃什麼，其實呢？

心裡比任何人清楚，撲朔迷離的墜樓關鍵記憶，帶給我的，不只是脈搏的速度加快，而是一昧地逃避，他或它一直都存在，就在我忙完復健及其他事後，悄悄竄上了心頭。再一次決定改變！我要忙碌。做網站對我來說，不困難但也不簡單，學過FrontPage，那是好久前的事，現在做網路的主流是Dream weaver，我不會！但不管那麼多了，就用FrontPage吧，我開始構思要有哪些內容，有了大綱，一切都順利進行，不過，說實話，網站的美感只有七十五分吧，很糟！特別是凡事要求完美的我。

「唉……問小永，可是他硬體行，軟體不太熟；問堂哥，他太忙；問……對了！問她！」自我對話中我找到答案，哈！算她衰，買了我第一本書，寫了一封信給我，告訴我她會做網站，輕鬆簡單地解決問題，幫我把網站改得近乎完美無缺。

我自己想的網站名稱：「擦乾淚光、勇敢樂觀」，並非幫第一本書宣傳，以不知名人物來說，第二個月二刷（每刷五千本），出版社已經相當滿意，只是當我哭紅了雙眼，悲傷總會過去，希望我這個網站，能夠令大家都把握現在、勇氣十足。做好網站之後，因爲需要跟一些我覺得不錯的網站做連結，這樣內容會更豐富，所以，我都會先到欲連結的網站，跟版主打招呼。

因爲覺得，**每個人在做每件事時，除了自己的想法之外，必須顧慮到別人的意願與認同，當然，這又是我的家教處方籤**。同時，我也在自己的網站發行電子報，補充一些書上沒有表達的部分，也因爲電子報，讓第一本書的出版社總編，發現了我的寫作表達能力，還不錯，嘿，心理又是一陣樂；訂戶人數不斷增加，嘿，心理又是一點點的成就感。

在電視中，常看到一個廣告，一個洗髮精的廣告，主角是一個男生，找路人做洗頭的實驗，然後，由路人發表用完那個品牌的洗髮精之後，對於自己秀髮柔順滿意的程度。這個廣告，蠻有創意的，而這個男生代言此品牌洗髮精也好一陣子，當時，我並不知道他是位VJ，只覺得他在廣告中，親切自然的表情，是個可愛的大男生，直到某一天，轉到MTV台，才知道他是MTV VJ陳正飛。

我上網找到了陳正飛的個人網站，跟版主說明我想跟他的網站做個連結，版主很樂意；同時，我也瀏覽了網站的內容，發現有一欄是「寫信給阿飛」，我寫了一封Mail給阿飛。由於陳正飛在國中時，全家移民到加拿大，因此，除了流利的英文之外，他也會講廣東話，於是，我用了廣東話文字寫了一封類似自我介紹的信給他，內容很簡單，只是告訴他，現在的我是個輪椅族，從香港回台灣出差的最後一個晚上，我從八樓摔到一樓，我的生命從此轉變，同時，也跟他說了我的個人網站，跟他的網站做了連結，歡迎他到我的網站逛逛。這封mail寄出去，我並不期待回音，畢竟，他是公眾人物，忙工作都來不及了，怎麼可能回信給我？

而且說眞的，我自己是世新人，加上前男友是幕後工作人員，因此，認識了很多藝人，藝人不爲人知的一面，我太了解了，藝人也是屬於比較自我階級提高的一個族群。只是，對陳正飛，從他代言的廣告、主持的節目、在他的網站留言的回覆，都讓我覺得他跟一般的藝人不太一樣，也因此，我才會寫了信給他。不過，陳正飛似乎跟我所想的不太一樣吧，因爲，的確我似乎白寫了那封Mail，沒有任何消息，慢慢的，我已經忘了這件事，在人生的旅途中，有些記憶是不值得留在我們的腦袋中，就像我的感情世界，忘了要比記得好。

Joyce，這是我第一次來耶！妳好，我是阿飛，之前妳有寫一封信給我，記得嗎？跟妳說歐，我好像也是混西班牙耶，也好像是曾祖母，我們該不是同家人吧！剛剛看了下妳的網站，感覺是妳比較偏牡羊吧，因爲妳是一位鬥士（好八股的形容歐），妳不服輸，而且我覺得妳的人生好充實，一直在學習不同的課程，我們都要加油，用自己微薄的力量幫助他人，不知道妳的書在台灣買不買的到耶？如果沒賣的話妳再寄給我，好不？alright，先這樣摟，下次再來跟妳聊。

飛

我看到這篇留言，我大笑了起來，書房的空間裡，充滿著最美的旋律，陳正飛！

他來留言了，我覺得很意外，也把那封mail的事，再度從腦海裡挖出來。

之後，因爲他主持教小朋友的英文節目，有個宣傳簽名會，因而有了見面相識的機會，彼此之間，雖然第一次見面，卻有聊不完的話題，也許，緣分吧。

「Joyce，對牡羊座，我一直都很有好感，還有，妳是導盲犬義工，我覺得妳這個女生很棒，即使自己受傷，還是繼續養著那隻導盲犬，我也很想當義工之類的，可是，我沒有時間！我跟妳之間，我總覺得，說不出來的match。」阿飛燦爛著笑著告訴我。

他也是愛狗一族，只是因爲時間與空間不允許，所以，回到台灣，他並沒有養狗，這個觀念非常好，眞的很好。由於在受傷前，我便是「流浪動物之家基金會」的掛名董事，因此，趁著機會，邀請阿飛擔任基金會代言人，他一口答應。

「飛，基金會經費有限，代言費不高喔！」怕碰釘子、怕被拒絕，我心虛地說。

「代言費?.Joyce，妳太不了解我嘍，這是做好事，別提代言費，我一分都不要的，跟妳說眞的喔！」阿飛說著眞心話，從他眼神，我感覺溫暖電到我，從頭竄到腳，一邊喊著：「阿飛萬歲！」

阿飛笑得很迷人，我的心情隨著他的笑容，一起燦爛起來，覺得彷彿站在彩虹頂端，鳥瞰這個世界，跟彩虹一樣美，我並非因爲認識藝人而開心，而是因爲不蓄意不期待的一個機會，讓我多了一個這麼眞誠又可愛的朋友，相信緣分吧，是我的，不會失去；不是我的，求也求不到。

因爲網站，認識了不少網友，也因爲網站，讓剛受傷時，自卑到深淵狹谷，不敢接觸的朋友與同學，找到了我。網路是個虛擬世界，但是，我總在自己網站的留言板，看到不刻意的虛寒溫暖，很窩心，很甜蜜。由於發行了電子報，自己實在沒把握會有訂戶。沒想到，還沒發行創刊號，就有五位訂戶了，一股勇氣油然升起，打著字表達我想說的。世界上，幾乎沒有一樣東西是無期限的，唯有文字，可以永遠保存。

我的朋友們，也都陸陸續續訂了我的電子報，其中包括之前「東森寬頻」的小組長乃文。記得有一期的內容，提到了我欣賞的上司Andy，跟Andy其實不太熟，我說過，他給人的感覺，有點沒理由的酷，即使後來我比離職前，多了解他些，但是，辭職後，我過著我的復健生活，也完全沒連絡。

一篇篇的留言，我邊看著邊喝著我的最愛拿鐵，有時我會對著銀幕傻笑、大笑、狂笑。

曹女士！因爲聖經分享吸引了我，把您的網站瀏覽了一遍，發現曹女士是這麼的堅強有毅力，不禁讓八小弟肅然起敬，基本上，這個網站做的不錯，有一定的水準，我會常來這美麗的版面留言……

曹女士？哇勒！我第一次聽到看到這麼尊敬的稱呼，網站並沒有我的年齡，他是眼睛花啦？看照片也不至於到「曹女士」吧！我沒有任何的不高興，我只是在掉眼淚，因爲這個好笑，這位可愛的八小弟，我們成了很好的網友，他總是帶給我無限的歡笑，僅僅透過Email而已。

我喝著拿鐵，繼續看著留言，「Dear 燕婷，妳的網站做得很活潑，相信妳現在一定過的很精采！」，嗄？是Andy？叫做Andy的人很多哩，問過小組長乃文之後，原來她告訴Andy，我發電子報的事情，就這麼，開始和Andy互相mail聯繫。在去年五、六月份吧，因爲我的同學、朋友找我申請東森寬頻，我跟Andy說了，Andy知道我在復健，所以讓我當他的特約，不用去辦公室，也沒有業績壓力，我欣然接受他的安排。

有一天晚上，Andy打電話給我，聊著聊著他告訴我，其實他把我看的很重。

「當然，我是你特約啊！」我不以爲然的回答。

「妳這樣講我會傷心喔，我的特約很多，但是會傳mail、打電話的只有妳喔！」Andy正經八百的回答我，當了他的特約，我開始覺得他一點也不酷，他很念舊，他會關心。雖說他是課長，他的年紀很年輕，小了我將近一輪（天哪！五年級的我們，不得不認老，聽說六、七年級的叫我們是「外星人」）。

「幹嘛把我看得很重？我的體重又不重！」我疑惑又頑皮地問他，Andy沒給我答案，時間已晚，我們收了線。

過了幾天，他又打給我，告訴我當天是他的生日，「你幹嘛不早講啊！」我有點責怪的語氣，朋友嘛，至少我可以訂個小蛋糕，甚至只是一封電子賀卡。「反正，只是長了一歲，我今天一樣上班到現在啊！」Andy略略抱怨的語氣，我能做的也只是口頭上的祝福啦，別怪我小氣喔，誰叫你事先不講呢？臨睡前，我又滑著輪椅回到書房，與電腦約會。

Dear燕婷，記得我說過把妳看得很重的話嗎？你可以去問乃文、其他以前妳認識的幹部，我幾乎不回她們Email，唯有妳，電話、mail，喜歡跟妳聊一些有的沒的，今天我生日，沒有特別去慶祝什麼，我許下一個願望，希望我是第一個看到妳、燕婷站起來的人，燕婷，加油喔！

是Andy給我的Email，一直覺得自己會受到歧視，不但沒有，也從來沒有人把我遺忘過，就連Andy生日，壽星的願望竟是超越自己的祝福，我伸出顫抖的雙手尋找埋在抽屜底層的面紙，是高興，也是感動，摻雜在我的淚珠中。

幸福的定義是什麼？在一個明朗清澈的地平線，沒有雲霧，沒有陰影，可以看清楚到一切，我看清楚了我在Andy心中的位子，當時，他說把我看得很重，我還一頭霧水，但是，我現在清清楚楚、明明白白地了解，那句非常可愛，耐人尋味的「我把妳看得很重」的意思了。

除了公事，我們會聊一些自己的快樂、憂傷，他從不給我任何壓力，只問過我一句：「燕婷，妳復健要到什麼時候呢？」

「不知道耶，一切都還在進步中，所以，不知道呢！幹嘛問？」我用著手機回答Andy。

「那妳身體重要，本來，我想妳回來帶一個Team，妳把身體養好先，其他再說。」Andy終於告訴我他的想法，找我回去帶一個Team，哈，我說過我會再贏一次，如果我的工作能力有待商榷，課長會無聊到同情一個殘障嗎？受傷後，出了第一本書之後，我才發現，很多人在跟我做比較，包括我受傷後第一個朋友，傷到頸椎而現在已經讀研究所的他，竟然也把我當成比較的對象。學歷，我的確輸了；而工作經驗方面，我的分數要高太多了。我從不跟任何人比，我只跟一個人比較，就是自己。Andy是一個家境比較差的男孩，他沒有保留地告訴我，不是要我同情，更不是要借錢，他想吐苦水，我靜靜地聽，我也分析，「妳眞的是善解人意的甜姊兒！」Andy笑著說，我又是小小成就感，我喜歡分析，這應該跟我在世新修心理學，總是拿著高分飛嘯而過有關吧。

跟Andy幾乎零距離，他的一點點心事都會跟我傾訴，包括他的新戀情，那是很微妙的認識，我直接表達我的想法：「你要小心保護自己，因爲你傻呼呼的，似乎這個世界沒有壞人似的。」

Andy很單純，外表看不出來，但是，我叫他呆瓜，因爲他沒有戒心，即使他被騙了一百次，第一百零一次的騙局，受害者依舊是他。他能夠談心裡話的人，不超過五根手指頭，所以，他喜歡跟我談，在他心中，我是他的姊姊，當然也是可以解惑的傾訴對象。

我是一個很好的聽眾，也是一個解決疑難雜症的人（我不會看病厚，我不是醫師，生病請找合格大夫看診）。因此，我的朋友愈來愈多，而且很知心，這些友情，我是以用心體會對方的心情爲原則，所謂「多交心，少哈啦！」，相信這是我人生的最大資源吧。

我一直重視友情，友情比不上親情濃郁，但是，要比愛情長久，或許你不認同，我也沒一定要你認同我的想法，只是，就我個人來說，不管今天我是否爲了愛情而受傷，一直以來，我的觀念裡，就沒有所謂的山盟海誓，有的只是甜言蜜語，一旦激情過後，互相看不對眼，說好聽一點，叫做挑剔，其實呢？就是找碴。世界上有多少人口，就台灣來說好了，每天與你擦肩而過的不只千百，其中有機會交談的，也許不到百分之零點一的機會，而交談的內容也許僅僅一句：「對不起」、「不好意思」、「謝謝你」。對呀，感覺挺悲哀的！這麼多人中，因爲同一個學校、公司、朋友的介紹、網路的交談，而成爲相知相許的朋友，這種友情可是得之不易啊。

基本上，我是人緣還不錯，因爲大家喜歡我的「眞」，儘管商場打滾了很多年，我卻仍然保有我的眞與純，沒有所謂的世故與現實，即使受傷，朋友、同學、同事仍然喜歡我，不會因爲我失去了行動能力，而忽略、遠離我。與弘修的相識，很微妙，如幾米所說的……『認識你，是我最美麗的意外』，很夢幻也很虛擬，從順眼到翻臉成仇，又再度握手言歡，成爲讓我歡笑不斷的人，想想，就只有你！弘修！

從小，我就不是電視兒童，什麼《小甜甜》、《無敵鐵金剛》、《北海小英雄》，我跟她們不太熟，因爲唸的私立學校，功課比較緊些吧，有時間就看，錯過了也不覺得可惜，以當時家中的環境，讓我唸再興是極奢侈的，我年紀雖小，但是懂得珍惜，知道父母的辛苦，所以，電視對我來說，沒有成績來的重要。

二〇〇三年，一個不小心，摔傷了自己，再度開始我的住院「白色恐怖」日子，雙人房的病房中，每天除了吃飯、應付訪客，就是看電視了，這可由不得我了，不看電視能幹嘛？拿著遙控器，漫不經心轉台，「沒什麼好看的，請幫我把它放回去吧！」我把遙控器交給看護，一邊準備小憩。

「歡迎收看今天的新聞挖挖哇，那個弘儀啊……」，我把被子蒙上頭，隔壁床的太太啊，你會不會把電視機音量調的太……太高了吧。

「我們常會接觸到一些國會助理，就是立委助理啊，她們的打扮與穿著，有時候實在讓我很好笑，很台你知道嗎？都什麼時代了，還穿那種厚底的鞋子……」

我馬上掀開棉被，因爲這個說話的內容引起我的興趣，很簡單的兩個我跟過世的二姊會偷偷的嘲笑別人「很台」，講話台、穿著台、歌聲台（我前夫平時的國語還好，一到KTV就不得了，唱歌超級台）。我看到螢幕上說話的男生，戴著眼鏡，一臉斯文，就是他所說的「很台」，吸引我繼續看下去。這是個新聞性的節目。穿著白襯衫，髮型與髮色都不是很傳統、但又不是很作怪的一位新聞人，他的談吐很不錯（當然不是一直批評別人台囉！），就政治面來說，感覺他很中立，不綠也不藍，長相嘛，以我的標準來給分，我給他八十八分，斯文、皮膚白、臉小小的，我注意到他了，來賓的名牌上寫著：「新新聞資深記者陳弘修」。新新聞？一本雜誌啊，這個我知道；資深記者？應該還好吧，不是很老的樣子，有多資深，這個我倒不清楚。我只知道，我眞的買了一本新新聞來看，把原本八十八分的陳弘修，加到九十五分。

他的文筆不錯，把政治光明以及黑暗的一面，有條有理表達出來，而且，他的文章表達，不會覺得是硬生生、死板板的政治新聞評論，因此，我又加了七分給他。接下來的日子裡，我不會刻意去轉台，但是，就是常在電視上看到他，終於忍不住，寫了封mail給他，我想，身爲一個文字工作者，能夠得到讀者的認同，即使只是認同，不需喝采，應該也夠了。

「弘修，你好，在〈新聞挖挖哇〉這個節目中看到你，看過幾次，也買了雜誌來看，很高興在台灣還有你這麼優秀的記者，不管是你在電視節目中的談吐，在雜誌上的文章，處處表露出身爲一個記者應有的中立態度。我本身也是新聞學校畢業，不過，畢業之後，我並沒有從事傳媒工作。再跟你說一件事，基本上，我不太看超視，因爲，我的學長在超視主持一個節目很久了，也因爲他出外景的機會，使得畢業後失去聯絡的我們，再見面、再相遇、再約會、也因爲一些事情，再劃清界線，不再是朋友。而我，一場改變我炫麗人生的墜樓事件，我失去了行走能力，那是我回台灣出差的最後一個晚上，因爲學長而認識、墜入情網的前男友，到我的住處大吵大鬧，一個小時後，我從八樓摔到一樓，我未曾預期到，在我的生命中會發生這麼大的災難，我活著，但是，我坐著輪椅。附上我的一張照片，證明我眞的是個輪椅族，謝謝你精采的報導與分析，讓我們這些平民百姓，了解政治眞正的一面，請繼續加油！」

考慮了幾秒鐘，決定按下「傳送」這個鍵，沒有期待回信的心理，只是單純表達我們對政治的無奈，還好，有他這股清流在。

學生時代的我，對於電腦，反感得很，因爲要學程式語言設計，先然後是PE2！簡直要我的命，下一大堆指令，它才會動，我並不認爲電腦比得過人腦。之後，才有了人性化的OfficeWindows，而畢了業，上了班，電腦是必須要會的基本配備，又去學了一趟電腦課程，加強我的電腦程度，從此，愛上電腦。

復建完的我，睡前一定跟電腦膩在一起，特別在出了第一本書之後，也不知道怎麼著，一些讀者知道我的電子信箱，我一封封收，當然，不是一封封的回，因爲，有些怪怪的內容，不想繼續看，直接把它給砍了。這封是甲、那封是乙、這封是丙、那封是……同學，還一堆廣告信，煩死了！這封是……嗄？寄件人是「陳弘修」？不會吧，我打開信一看：

Hi，燕婷，不好意思！到現在才回妳的信，因爲妳的來信寄件者是Joyce，我以爲是我同事（她也叫Joyce）寄給我的笑話或有趣的文章，所以，我想晚點再看是沒關係的，結果，是妳寄來的，謝謝妳給我的支持與鼓勵。我的小妹在高中時出了一次很嚴重的車禍，也是好多年都不能走路，她的痛苦是我這個做哥哥的，甚至我們全家人都無法體會的，不過，她敖過那段痛苦的時間，現在她可以走路了，只是，不能穿高跟鞋，呵呵，不過，她已經很滿足了，相同的，妳的痛苦，我們一般正常人是無法想像的，我只能祝福妳，不要放棄，沒有一個人是完美的，身體的缺陷固然會讓妳傷心，但是，有些人內心的壓力或不正常，那種缺陷更是痛苦萬分。希望在電腦那端的妳，好好照顧自己，開心著迎接妳的未來。妳給我的那張照片很棒，感覺妳是一個充滿自信的人，

Take Care弘修

竟然是新新聞的陳弘修回信！他應該很忙吧，怎麼會回啊？雖然距離我寫信給他，是有一小段日子了，可是，他就是回信了，還祝福我，我又開心的笑了，關上電腦，腦海裡都是弘修的文字，微笑入眠。

過了幾天，我回了信給弘修，告訴他千萬別說不好意思，他回信給我，我很驚訝也很高興，我已經欣然接受我的不完美，因爲，人長得再美，如果素行不良，不過是一杯污水罷了，我會充實我的內在，讓自己活得成功，活

得有意義！當然，弘修又回信給我了，從此，雖不是天天，但也算頻繁，因爲電腦網際網路的虛擬世界，一封Email，幾句簡短的對白，弘修成了我的朋友，恩怨情仇，也從此展開。

我這個人，如果喜歡、想念、記憶，我會把整件事情，從頭到尾，徹底記在腦袋中，反之，我會遺忘，不管是蓄意的、自然的，就是把不喜歡的遺忘，人嘛，何必自我虐待？我才不讓別人決定我的開心與否！喜歡弘修這個朋友，所以，我記得收到他的第一封信是九月二十八日。雖然喜歡，倒還不至於記得他每封信的時間，因爲，我喜歡的人與東西可多著呢。

弘修大方地給我他的手機號碼，我當然也給了他我的手機，但是，弘修可眞的是很忙，他幾乎沒有主動打過電話給我！幾乎沒有！我呢？偶爾會打給他，跟他聊天很愉快，因爲，他說話跟在電視上有一點點不同，電視上面他很有條有理，其實他帶點搞笑的個性，我可以感覺得到，他把我當男生看，因爲他的用詞，很一般時下男孩的口吻。

「弘修，我問你，你是資深記者，可是，我看你還好吧，應該是六年級中段班的吧？」一天我們用電話聊著，弘修說：「我是六年級沒錯，可是，我是非常前段班的。」

「嗄！你那麼老啊？」我有點不相信的回答他，弘修丟給我一句沒禮貌的話：「老？也沒妳老啊！」，「喂，你怎麼醬子啊？」我沒有絲毫的不高興回了他，到底弘修見過太多的人了。

他告訴我以他「專業的眼光」，他判斷我是五年級後段班的，「尹乃菁你認識吧？我跟她同年」我告訴弘修，弘修奇怪著我怎麼會認識乃菁，我告訴他，乃菁是我鄰居，她唸景美女中時，我們一起搭公車上學而認識的。

「那，妳眞的看不出來！妳比較年輕，而且年輕很多，哈哈哈！」弘修終於說了句讓我覺得悅耳的話了。

「我跟妳說，我最近換了一隻手機！很難用！」他說，我好奇的問著他什麼原因？「就掉啦，我覺得很ㄍㄧ！」，瞧，這長相斯文的陳弘修，他眞的把我當男生看，什麼亂七八糟的詞，在我面前順口的很，好在我原本就不是很像女生，空有外表，其實我很男孩子氣。一直覺得自己很幸運，特別是受傷之後，我所受到的關懷多過於嘲笑，在我心中，弘修好比東昇的旭日，他亮，但不刺眼；他會關心，但不虛僞；他可以觀賞，卻無法擁有，因爲，他有一個交往很久很久的女朋友，我與弘修的奇遇記，他也很老實的告訴他女友，他的女友也不排斥我們的交往，所以囉，當弘修的另一半，絕對幸福；當弘修的朋友，絕對幸運。

記得他得知我的右腳會動時，很開心的要我持續復健，絕對不要放棄，每天一點點的進步，將會愈來愈接進我的目標——站起來！而在我急性腸胃發炎住院的時候，我收到來自弘修的關心：

「燕婷，妳怎麼啦？看到妳的簡訊，我嚇了一跳，現在確定不會開刀了吧？其實，我自己前幾天也是腸胃出了問題，胃痛得厲害，吃了就吐，我趕快去打點滴，現在一切都好，妳要注意自己的身體！」

「我知道啦，被禁食幾天，肚子好餓喔！我覺得你很好相處耶，你是什麼星座的？」我問弘修，弘修告訴我，一個我難以置信的答案：「處女座」！

「嗄？」我很大一聲驚呼，這是怎樣的情形啊？我一天到晚碰到處女座，說也怪啦，我的好朋友們一堆處女座、金牛座，我查過自己的生日，我是一半牡羊一半金牛，難怪……。

「怎樣？處女座妳嗄什麼？」弘修有點怪的口氣問著，可能因爲我的嗄聲稍微誇張了些！

「那、那、那、那你很龜毛喔！」我有點口吃的表達處女座的看法，他給我的答案是：「せ丶！我並不是凡事龜毛，好嗎？我是選擇性龜毛，對工作我很龜毛，我要求自己做到最好；對感情我很龜毛，我與她交往很久很久的時間；對朋友我也龜毛，我交朋友是憑著感覺走，感覺不對味，不會是我的朋友」

「喔，那、那、那我算是你朋友嗎？」我繼續口吃。

「神經啊妳？蠢問題！」弘修笑著說。

「當初，你爲什麼會回我的mail？是同情還是好奇？你是每封信都回嗎？」

「小姐，我眞的很忙好不好，收到妳的信時，我當下的感覺是，怎麼會有這麼倒楣的人，看到妳所提到的遭遇，我覺得很遺憾，記得我跟你說過我小妹的事嗎？我在看信的時候，她正好進我房間聊天，我告訴她有一個年輕的女生，從樓上摔下來，從此無法行走，現在必須靠著輪椅才能行動，其實，我不知道該不該回信，老實說我也感到無能爲力，甚至幫不上忙，可是，我小妹說生病的人最需要鼓勵，就像她在高三時曾經出過一次嚴重的車禍一樣，除了當事人要有意志力外，周遭的支持也是很重要的，所以，我聽了我小妹的建議，禮貌性的回信並祝妳早日康復！」

終於，我了解我眞正應該感謝的是，弘修他妹妹！而不是無力的陳弘修！儘管得到這樣的答案，我依然喜歡弘修的貼心、偶爾的問候，特別是他給了我他私人的電子信箱，偶爾的一封Email，常會敲醒夢中人，我被異姓追求到煩，弘修也會靜靜地聽我發牢騷。

「少理他，要就怪妳的書吧，年薪百萬的大美女，妳喔，小心點！」，的確，第一本書的內容，爲了凸顯我的人生很戲劇化，反而帶給我些許困擾與誤解，甚至，有位白目讀者，我不知道她如何得知我的網站，特別是在我有了專欄之後（自立晚報的網站），她欺負我似乎成了一種習慣，謾罵我的父親、母親。

「弘修，我眞的不知道爲什麼？我並沒有招惹她啊？我只是有個自己的專欄，她變本加厲……我不想再寫……了啦……罵到我父母……我……」

無福消受，因此我跟弘修哭訴，「別哭，繼續寫妳的，文字這個東西相當主觀，一篇文章或一部作品，有人覺得好，當然，也有人不認同，知道是誰嗎？」弘修安慰並制止我繼續哭泣的問。

「就是她啊！」我不高興說著網友查到的結果。

「如果，她再囂張，就循法律途徑。不過呢，在還沒到迫切的當口，妳就……」

「就習慣性的逃避，我一直都這樣的，但是，一旦必須站出來的時候，就……」我接著他的話邊回答著。

「勇敢的面對！」這回換弘修接著我的話。

他繼續的表達他的看法：「但是，我眞的誠心告訴你一句話，有機會成爲一位文字工作者，就做自己吧，沒有必要因爲身旁的人、事、物而傷神，感動而不激動，好嗎？別哭，燕婷。」

說眞的，當時我還是繼續哭，但是，是因爲弘修的金玉良言，讓我感動得放聲大哭，我很想給他一個擁抱，他這麼好，我與他相識時間並不很久，突然，我很感謝那時同病房的太太，因爲她看的電視節目〈新聞挖挖哇〉，我才認識這位說話有時頑皮、有時眞誠得令我不能自己的陳弘修。

接下來的五、六個星期，弘修消失了。

我不再收到他的Email，打電話幾乎都是關機，要不就是沒人接，不再有他的任何消息。久不見的焦慮，在那段時間，又來拜訪我了，跟一位朋友提起，他建議我去度個假，接近大自然，不要胡思亂想，這個建議有建設性，我心動，但是，看看自己的行動不方便，度個假又要勞師動眾的，我考慮再三，決定放棄。

「帶妳去喝焦糖瑪琪朵，好不好？」擅於分析的朋友又約了略帶著焦慮的我，那天太陽西下之際，遠遠的晚霞染紅了整片天際，我靜靜看著我的拿鐵。

「上次妳不是說，焦糖瑪琪朵不錯喝？幹嘛不點？」朋友問我，不語，這樣的氣氛有點暈眩，台北盆地的熱氣瀰漫，混著焦糖瑪琪朵與拿鐵的味道，我發著呆。

「妳……還在想那個記者嗎？」朋友打破沉靜，「你知道我跟他的相識有點怪，但是，總可以感覺是朋友，現在，他像氣泡一樣，啵，消失了！」開始了這個約會我的第一句話，繼續伴發著呆，接著還是緊緊的想念。

「傻ㄚ頭，」朋友輕拍著我的頭，「每件事，能夠短暫炫麗過，也很不錯的啊，就像……」

「就像什麼？」我低著頭輕聲說。

「就像妳跟弘修的短暫友誼，說眞的，他也許忙，並不是妳想的那樣，對！妳有沒Email他？」朋友又微笑著品嘗他的甜甜焦糖瑪琪朵。

「你不懂我，當我的朋友不再理會我，我不會有任何動作強迫別人，我沒有權利！」我咬咬嘴唇。

「不是那樣的，聽妳跟我提到的陳弘修，我對他的感覺不錯，雖然，咳！他比我帥一點，回去寫個mail給他，傳簡訊啊，你們不是常傳？」朋友略帶妒忌的語氣勸著我。

喝完最後一口拿鐵，抬頭看窗外，黑壓壓的一片天空，「明天還會旭日東昇嗎？」我喃喃自語，「上車，聽我的勸，試試看，不喜歡妳臭著一張臉，很難接近。」朋友一邊推著我的輪椅說著。

「弘修，很想告訴你，我想念你，奇遇然後離奇失蹤，對我來說，蠻傷心的，也擔心。回電話是一種禮貌，一種尊重不是嗎？或許，你後悔認識一個殘障，瞧不起我吧。不勉強，只是麻煩你，看到手機螢幕出現的這封簡訊，請回電，感激不盡……，當然，如果沒再接到你的回音，從此，不再打擾！也不再是朋友！」

回到家中，我打了簡訊給弘修，我不期待了，甚至，我很火大！打開電腦，每一封mail刪刪刪，手機曾留下的簡訊，全部砍光。所有一切，隨時間會慢慢淡忘，有點搞不清楚，一個三十七歲的女人，我到底在想什麼？

想戀愛嗎？並不會；想多一個知心朋友到是真的，Even我的朋友已經很多，但是，跟弘修聊天有所領悟，有所收穫，所以……

晚上正要就寢時，手機響了，「誰啦？」不耐煩的我，摸黑拿起手機。

「燕婷，是我，弘修！」電話中熟悉的聲音。

「出現啦？你的電話眞的很爛，丟了它，我想睡覺，明天再說吧！」剛火大完的我，沒給他好口氣的敷衍。

「妳先聽我講完！好嗎？」奇怪的弘修，奇怪的個性，我拿捏不到，但是，我聆聽。

「我覺得妳想太多了。我沒有看不起任何人，那也不是我的個性。妳買新車、打算出新書，我替妳感到高興，也很謝謝妳替我出頭，在接受採訪時，會提到我，而我，從來就不覺得自己特別，所以覺得有點突兀。還有妳提到電話的問題，沒錯，我是在躲電話，因爲我跟妳提過我曾接到太多奇怪的電話，有人灌爆我的語音信箱，或者是打了不出聲，所以現在沒有來電顯示的電話，我是不會接的，我已經跟我的警界朋友說過了，如果再接到，我就會叫他們去查，我跟妳的相識很奇怪，但是，我欣賞妳的堅強與企圖心，最近超忙，過些時間跟妳聯絡，好不好？」

「好，你先忙，謝謝你不會歧視我，很安慰。」我不禁紅了雙眼，裝沒事的語調回答著。

這一刻，我不敢告訴你，你的話語和你的人極具魅力，時間眞的是無法想像的魔術師，它改變了太多事物，包括你、也包括我，你消失不過幾個禮拜，我刻意要遺忘，不讓它存在現實中，只允許在夢中，但是，你又出現了，這段友誼，似乎要超越，我跟一些比較普通朋友的程度了，它，出現在無數個日出日落中，分享我的喜樂與煩憂，跟你的友情，我才捨不得把它打入冷宮哩，三十七歲的女人，想的就是這麼的單純，不是常聯絡、見面，有點距離，但，是一種美感吧。

之前，我給弘修八十八分，因爲，從電視螢光幕上看到他的長相；之後，我給弘修九十五分，因爲，他的專業與記者本來應有的一份中立立場；

現在，我給弘修九十八分，因爲，他不虛僞的噓寒問暖，偶爾的一句，我可以因此神采飛揚。我該感謝誰呢？感謝上帝吧！沒有所求的信主，卻得到主的愛、主的憐、主的祝福。

那天晚上，我做了一個夢，一個沒有人認識我的地方，在熙來攘往的火車月台前，聽到一陣口琴聲音，是一位視障朋友的表演，優美的旋律帶著淒美，我緩緩的過去，塞了一千元在他手裡，「小姐，謝謝！妳的腿好長好美！」，他不是視障嗎？我不是肢障嗎？

「太陽曬到屁股嘍，還不起床？」看護搖著我，揉揉眼睛，原來是一場夢，但是，我大聲笑了起來，天眞像個孩子，因爲，我發現，當我自認爲什麼都失去，什麼都不是時，生命卻逆向轉彎，美麗而自由的舞動了，重新開始生活，而且愈發地精采起來……

受傷對我來說，是一個讓我清醒的教訓，我指的教訓是各方面的，特別是友誼方面，讓我認清很多人，眞實與虛假，前男友之外，還有少許的現實同學，甚至不是朋友的「病友」，我築起了一道防禦的牆，沒辦法，我只能保護我自己，雖然，知道本來就不可能處處討好每一個人，無須因爲一些芝麻綠豆小事而如此，我還是做了，我不會恨，我只將他們遺忘。

大量零散的相片如落葉般飛舞了一會兒，因爲重力的束縛，一張張落地，鋪成一整片回憶的地毯。「垃圾桶給我！」我對著看護說，我把這地毯一張一張撕掉，把這些回憶一點一滴的還給他（她）們。我腦袋空空的，回憶不見了，感覺到我的身體在迅速失溫；一陣電話鈴聲響起，「燕婷嗎？我是乃菁！」，多年沒連絡的她回我電話了，感覺溫暖的動脈血液在皮層下流動著。我眞的很幸運，因爲一場墜樓，認識也認清很多很多的朋友、同學，持續地連絡與關心，多了他們，我的生命更豐富了，即使我自認不過是半條命而已。

我的心聲與目標

我自己只有期待，沒有一絲懷疑，因為，除了自信，還有相信！相信上帝將在我的身上，顯出祂的作為來；也相信榮總鄭宏志主任及他的醫療團隊……將會在我的身上變魔術一般，讓我甩掉肢架，自然地站起來。

算算時間，二〇〇五年三月二十五日，是我受傷滿四週歲的日子，二〇〇一年的三月二十五日，我這輩子最難忘的一天，充滿詭異與離奇，經典的改變了我的下半段人生。

這些日子以來，一直到現在，我常會想，雖說生活未能盡如人願，但是，竟然我會要面對這麼令我不想面對的事情，我有很多自怨自艾的想法，例如說，不是好心會有好報嗎？像我這麼一個不壞的好人，爲何有如此的結局？反而，我卻是好人有壞報？爲什麼我會成爲一個殘廢？爲什麼我要承受這些……這些……我一直料想不到的事？爲什麼我一直抵抗，卻終究抵抗不了的？還沒有成爲基督徒，在紐西蘭唸大學的一天，我跑去一個小小面相館，當時，那邊的黃種人，以香港人居多，看面相的師父說著廣東話，告訴我，我這輩子吃穿不愁、在三十歲之後會發達，也就是會賺到不少錢。

「點講？」（「爲什麼這樣說」的廣東話）我問。

「因爲妳的鼻子，又挺又有鼻翼，妳是有財運、有才氣的咩，」廣東老師父告訴我，我聽了不以爲然。

不過，在我還不到三十歲之前，二十八歲，我開始想起了幾乎要被遺忘的算命廣東佬，在那時刻，剛開始年薪百萬的日子，廣東佬的話，竟發揮了功效，而且還提前了時間，令我沉思再三，於是，我開始奢侈的生活。也的確，過了三十歲，我闖出了一片屬於自己的天空，不過，爲時不久，在我即將滿三十四歲時，狠狠地摔了一跤。

過去的奢侈生活與小小成就，一直不斷浮現腦海中，一再回憶，也不斷哭泣與傷悲，看似堅強，其實常常莫名發愁，如果我不曾精采過，我會好過些，偏偏，我的人生如戲，雖然，我的情緒慢慢在改變、在進步，但是，我眞的依舊會想了結自己。除了禱告，寫！我的筆記本裡寫著我所有的念頭；藏！沒有人知道我的筆記本在哪裡。重回復健時的某一晚，爸爸帶著便當坐在餐桌那兒，他像變了個人似的，嚴肅而凝重地吐出幾個字：「我看見妳的筆記本了……」

瞬間我成了遊魂似地飄在天花板上，明明正値酷夏，卻覺寒意逼人。問著自己：「這是眞的嗎？我藏的很好沒人知道啊？」

「妳媽要借用妳的V8，我打妳手機不通，翻遍了妳書房，好不容易在整理箱裡找到。」爸爸壓低聲音一句一句說。

「親愛的爸媽，我活得好辛苦，二姊過世，反而令我羨慕，我這般要死不活，成了你們的累贅，我試過拿著菜刀，往自己身上砍下去，可是，被看護發現了！我好累！好累！」

「親愛的小安，馬麻不是不愛妳，等馬麻買車，我載著妳一起開到海邊，加了油門，一起衝向海洋，妳是高齡貼心的曹小安；我是殘障不便的曹燕婷，讓我們一起回歸自然的海水正藍裡。」

筆記裡的文字，讓爸爸紅著眼向我求證，我只能頻頻點頭俯首認罪。

「失去妳二姊，已經夠讓我們心碎，妳到現在還想尋死，我以爲妳已經回歸平靜，誰能幫幫我們啊？」爸爸忐忑地說。

「不是我不孝，只是，眞的很難能撐下去，爸，原諒我，我會嚐試著修改這……這……錯誤的……枯死的人生觀，眞的會！」我體會到父親的心痛，流著眼淚與鼻水，誠心保證。之後的我，利用復健、構思網站、到教會小組團聚，忙碌讓我不再有時間回憶以往，也因爲天天讀經、禱告，我開始轉變。仔細算一下，受傷不到兩年，我豁然開朗，朋友有點困惑，這樣的心情轉變速度，是不是偶發的仲夏夜之夢？我想，是吧，從惡夢到美夢，即使時間很短，它就是發生了。

我不再回憶、不再埋怨，不爽的時候，我會利用沖澡時間，在我的專用浴室，拿著蓮蓬頭對著臉沖、大叫！發行電子報，利用文字，強迫訂戶們，跟著我一起笑、一起哭，眞是苦了他們，社會上居然有這種虐待人的報主，不過，鮮爲人知的一件事，當我的「心情札記」很悲傷時，我竟會收到訂戶給我的電子卡片，這個世界在我心中，眞的很溫暖。現在，就算給我一把菜刀，我也絕對原封不動還你，如同在我的網站留言板上，一位朋友曾經留下一句話：「恭喜妳，其實妳的心已經站起來了！」

是的，我的心，我，已經站起來了我的心。

我也希望這本書，可以幫助很多心灰意冷的朋友，大家一起站起來。再列一次比較方程式，人嘛，我所承受的，應該比大部分朋友來得苦吧？我都可以從萬丈深淵爬上來，看到明亮的光芒跟我招手，你一定可以！至於，我的行動能力，我深信，會有那麼一天，我再站起來！很多人都在等著看，她、他，都在期待，也都在懷疑，我自己則是只有期待，沒有一絲懷疑，因爲，除了自信，還有相信！相信上帝將在我的身上，顯出祂的作爲來；也相信榮總鄭宏志主任及他的醫療團隊，優秀的醫術，極可能是把整個太平洋的水都倒乾，也找不著，他們將會像在我身上變魔術一般，讓我甩掉肢架，自然站起來！

不管這世界會變成什麼樣子，我們都仍然是決定自己的世界是什麼樣子的絕對關鍵，這本書，我將自己受傷後的心聲完全表達，用比較輕鬆的寫法，很希望是一本可以激勵志氣的書籍，但是，我更希望大家看完後，能夠感動而沒有心痛。目前的我，一直在進步中，仍有些許不方便，但是我已滿足，我很幸福，我有愛我的父母、我的狗女兒曹小安、還有幾位知心的好朋友，我過得很好，眞的，雖然偶爾還是會哭紅雙眼，但是，我已經懶得去怨恨所有人、事、物，醜陋的世界，我懶得去面對，我挑選我覺得美好的。

這是我的第二本書，卻是第一本親手執筆的文稿，我任由自己的想法表達，這種自由飛翔的感覺眞棒！雖然，從小到世新畢業，我的作文分數都還算高，但壓根沒想過自己會成爲一個文字工作者，也許，這一切都是注定的吧，又想起在紐西蘭的廣東佬面相師說的「才氣」，難道，這應驗了我受傷，因傷（商）轉行？呵呵……

現在，因爲身體的關係，我幾乎很少抽煙了，尼古丁會影響神經生長，……只是每逢夜深人靜，特別在創作時，我會想到煙。消滅這個想法就是把輪椅滑到陽台，看著夜晚的路燈發呆。很希望能有一支煙在我手上，讓我

「站」在窗邊輕鬆抽著，完完整整的一支煙……也期待再有一個與你我分享的故事，而且是一本沒有任何負面與遺憾的文字書，出自我的手中。

105 台北市南京東路四段25號11樓

廣　告　回　信
台灣北區郵政管理局登記證
北台字第10227號

大塊文化出版股份有限公司　收

地址：□□□ ＿＿＿＿市／縣＿＿＿＿鄉／鎮／市／區
＿＿＿＿路／街＿＿段＿＿巷＿＿弄＿＿號＿＿樓
姓名：

請沿虛線撕下後對折裝訂寄回，謝謝！

大塊 LOCUS 文化

編號：CA099　書名：我，從八樓墜下之後

大塊文化 LOCUS 讀者回函卡

謝謝您購買這本書，爲了加強對您的服務，請您詳細塡寫本卡各欄，寄回大塊出版 (免附回郵) 即可不定期收到本公司最新的出版資訊。

姓名：＿＿＿＿＿＿＿＿　身分證字號：＿＿＿＿＿＿＿＿　性別：□男　□女

出生日期：＿＿＿年＿＿＿月＿＿＿日　聯絡電話：＿＿＿＿＿＿＿＿

住址：＿＿＿＿＿＿＿＿＿＿＿＿＿＿＿＿＿＿＿＿

E-mail：＿＿＿＿＿＿＿＿＿＿＿＿＿＿＿＿＿＿＿＿

學歷：1.□高中及高中以下　2.□專科與大學　3.□研究所以上

職業：1.□學生　2.□資訊業　3.□工　4.□商　5.□服務業　6.□軍警公教
7.□自由業及專業　8.□其他

您所購買的書名：＿＿＿＿＿＿＿＿＿＿＿＿＿＿＿＿

從何處得知本書：1.□書店 2.□網路 3.□大塊電子報 4.□報紙廣告 5.□雜誌
6.□新聞報導 7.□他人推薦 8.□廣播節目 9.□其他

您以何種方式購書：1.逛書店購書 □連鎖書店 □一般書店 2.□網路購書
3.□郵局劃撥 4.□其他

您購買過我們那些書系：

1.□touch系列 2.□mark系列 3.□smile系列 4.□catch系列 5.□幾米系列
6.□from系列 7.□to系列 8.□home系列 9.□KODIKO系列 10.□ACG系列
11.□TONE系列 12.□R系列 13.□GI系列 14.□together系列 15.□其他

您對本書的評價：(請填代號 1.非常滿意 2.滿意 3.普通 4.不滿意 5.非常不滿意)

書名＿＿＿ 內容＿＿＿ 封面設計＿＿＿ 版面編排＿＿＿ 紙張質感＿＿＿

讀完本書後您覺得：

1.□非常喜歡 2.□喜歡 3.□普通 4.□不喜歡 5.□非常不喜歡

對我們的建議：＿＿＿＿＿＿＿＿＿＿＿＿＿＿＿＿＿＿＿＿

＿＿＿＿＿＿＿＿＿＿＿＿＿＿＿＿＿＿＿＿＿＿＿＿

＿＿＿＿＿＿＿＿＿＿＿＿＿＿＿＿＿＿＿＿＿＿＿＿

L O C U S

LOCUS

LOCUS

LOCUS